S0-CLB-937

SURÉNA

Paru dans Le Livre de Poche :

Le Cid
Cinna
Horace
L'Illusion comique
Le Menteur
Polyeucte

CORNEILLE

Suréna
général des Parthes

Tragédie

1674

INTRODUCTION, DOSSIER ET NOTES DE GEORGES FORESTIER

LE LIVRE DE POCHE

Georges Forestier est professeur d'études théâtrales du XVIIe siècle à l'université de Paris-Sorbonne (Paris IV). Parmi d'autres travaux, il a publié chez Droz *Le Théâtre dans le théâtre sur la scène française du XVIIe siècle* et *Esthétique de l'identité dans le théâtre français (1550-1680) : le déguisement et ses avatars*. Il est aussi l'auteur de deux ouvrages sur Corneille (*Essai de génétique théâtrale : Corneille à l'œuvre*, Klincksieck, et *Corneille : le sens d'une dramaturgie*, SEDES), a édité Racine dans la Bibliothèque de la Pléiade et plusieurs pièces classiques dans Le Livre de Poche.

ISBN : 978-2-253-06073-4 – 1re publication – LGF

INTRODUCTION

Le chant du cygne

Dernière tragédie de Corneille, *Suréna* est l'un des plus grands chefs-d'œuvre du théâtre français. Ce fait, incontesté aujourd'hui, il importe qu'il soit souligné d'emblée, tant fut profond l'oubli dans lequel sombra la pièce durant près de trois siècles.

À la différence d'autres œuvres du Grand Siècle redécouvertes au cours des cinquante dernières années, *Suréna* n'a pas eu besoin de profiter de l'intérêt porté par notre époque au courant esthétique qui a dominé le début du XVIIe siècle, le courant « baroque ». Une action chargée de peu de matières, qui s'achemine tout uniment vers un dénouement tragique inéluctable, une parfaite régularité dans son organisation dramaturgique et une composition fondée sur une exceptionnelle recherche de symétrie, un dépouillement et une densité extrêmes dans l'expression : on ne saurait imaginer une œuvre plus « classique ». Ajoutons deux héros que leur passion réciproque, en contradiction avec des intérêts politiques supérieurs, entraîne vers la mort, et qui chantent cette passion et cette attente de la mort en des vers élégiaques d'une beauté exceptionnelle : on comprendra que les critiques qui ont redécouvert *Suréna* au XXe siècle l'aient rapproché du modèle racinien. C'était une manière de réhabiliter une œuvre que tout semble opposer au *Cid*, la plus célèbre des pièces de Corneille. Bref, les mêmes raisons qui, au XVIIIe et au XIXe siècle, ont fait considérer qu'à la fin de sa carrière Corneille n'était plus tout à fait lui-même, ont fait juger au XXe siècle qu'il n'avait finalement réussi à se surpasser qu'en se rapprochant de Racine.

Il va sans dire que, pour apprécier pleinement les exceptionnelles qualités de *Suréna*, il faut oublier Racine. Pour leur part, les spectateurs qui virent la pièce à l'automne de 1674 n'ont pas songé à faire la comparaison. Ils venaient d'acclamer quelques mois auparavant *Iphigénie* à Versailles et ils s'apprêtaient à lui faire un triomphe à Paris au lendemain de la disparition de *Suréna* de l'affiche : entre le triomphe versaillais et le triomphe parisien d'*Iphigénie*, ils allèrent applaudir *Suréna*[1], sans y voir autre chose qu'une œuvre de plus donnée par « le vieux Corneille ». Lisons Pierre Bayle, qui écrivait le 15 décembre 1674 : « On joue à l'Hôtel de Bourgogne une nouvelle pièce de M. Corneille l'aîné, dont j'ai oublié le nom, qui fait à la vérité du bruit mais pas eu égard au renom de l'auteur. Aussi dit-on que M. de Montausier lui dit en raillant : "M. Corneille, j'ai vu le temps

1. La date de la première représentation n'est pas connue avec certitude. On peut conjecturer d'après des lettres de contemporains, datées de la première quinzaine de décembre 1674, que la pièce a été créée au théâtre de l'Hôtel de Bourgogne vers la fin du mois de novembre. Elle devait être prête depuis de longues semaines déjà : au plus tard à la fin septembre, date de la mort à la guerre d'un des fils de Corneille. Celui-ci prend un privilège pour l'impression de sa pièce dès le 2 décembre et la publie en janvier 1675. Elle avait disparu de l'affiche à la fin du mois de décembre pour laisser la place à *Iphigénie* de Racine. La Comédie-Française ne la reprendra que quatre fois en 1699, et une fois devant la Cour au début du XVIIIe siècle. Il faudra attendre 1943 pour la voir réapparaître à la Comédie-Française dans une mise en scène de Maurice Escande, reprise en 1949 et en 1956. Depuis, elle a été montée par Jean-Pierre Miquel au Théâtre Récamier (1964) puis au Petit-Odéon (1975), par Hubert Gignoux au Théâtre national de Strasbourg (1969), par Brigitte Jacques au Théâtre de la Commune (1994), et par Anne Delbée au Vieux-Colombier (Comédie-Française, 1998).

que je faisais d'assez bons vers ; mais ma foi, depuis que je suis vieux, je ne fais rien qui vaille. Il faut laisser cela pour les jeunes gens." »

Succès d'estime, donc, mais entaché de dédain pour le génie vieillissant. Il est probable que cette opinion a été largement partagée. C'est contre elle que s'insurge Corneille lui-même deux ans plus tard, dans une Épître adressée à Louis XIV pour le remercier d'avoir « fait représenter de suite devant lui à Versailles, en octobre 1676 » *Cinna, Pompée, Horace, Sertorius, Œdipe* et *Rodogune*. Se réjouissant que « l'heureux brillant » de ses rivaux plus jeunes « n'ôte point le vieux lustre à [s]es premiers travaux », il invite le roi à faire jouer ses plus récentes tragédies :

Achève, les derniers n'ont rien qui dégénère,
Rien qui les fasse croire Enfants d'un autre Père ;
Ce sont des malheureux étouffés au berceau,
Qu'un seul de tes regards tirerait du tombeau.

Après avoir précisé que « ce choix montrerait qu'*Othon* et *Suréna* / Ne sont pas des cadets indignes de *Cinna* », il explique les causes de la désaffection dont elles sont victimes :

Le Peuple, je l'avoue, et la Cour les dégradent,
J'affaiblis, ou du moins ils se le persuadent,
Pour bien écrire encor, j'ai trop longtemps écrit,
Et les rides du front passent jusqu'à l'esprit.

Telle est la rançon d'une longue et glorieuse carrière. Mais à la vérité Corneille porte la principale responsabilité de la perception qu'ont eue ses contemporains de ses dernières œuvres. Dès 1653, après l'échec cuisant rencontré par *Pertharite*, alors qu'il était âgé seulement de 47 ans, il écrivait : « La mauvaise réception que le public a faite à cet ouvrage m'avertit qu'il est temps que je songe à la retraite [...]. Il vaut mieux que je prenne congé de moi-même que d'attendre qu'on me le donne tout à fait, et il est juste qu'après vingt années de travail je commence à m'apercevoir que je deviens trop vieux pour être encore à la mode. » Cette retraite, on le sait, n'allait durer que quelques années, mais le mal était fait : Corneille, quels que fussent ses succès désormais, avait lui-même répandu l'idée qu'il ne savait pas empêcher son art de vieillir. Il ne manquait plus que l'arrivée d'un rival beaucoup plus jeune, assez talentueux et habile pour lui ravir une partie de sa gloire, pour que Corneille soit désormais appelé moins souvent « le Grand Corneille » que « le vieux Corneille ».

Suréna est précisément la tragédie ultime du « vieux Corneille ». Le public, à la vérité, ne savait pas que ce serait la dernière. S'il l'avait deviné, quoique tout à son ravissement pour les chefs-d'œuvre de Racine et les opéras de Quinault et Lully, peut-être aurait-il troqué sa lassitude convenue à l'égard des productions du vieil auteur contre une attention curieuse à ce qui pouvait se révéler comme le chant du cygne. Il est dommage que Louis XIV ait attendu 1676 pour s'intéresser à nouveau aux œuvres anciennes de Corneille. Il l'aurait fait deux ans plus tôt, les spectateurs auraient pu appliquer à *Suréna* la remarque que fait Corneille dans son *Remerciement au Roi* :

> C'est le dernier éclat d'un feu prêt à s'éteindre,
> Sur le point d'expirer il tâche d'éblouir,
> Et ne frappe les yeux que pour s'évanouir.

La mort du héros cornélien ?

En somme Corneille précisait pour rassurer ses rivaux — pour rassurer Racine — que le retour de faveur qu'il espérait encore ne l'encouragerait pas à occuper la scène jusqu'à l'âge centenaire de Sophocle. Persuadé d'être au terme de sa vie, et sans laisser entrevoir, deux ans après *Suréna*, la moindre pièce de théâtre nouvelle, il réclamait seulement une juste reconnaissance pour ses dernières œuvres et offrait ses ultimes vers à la seule célébration de la gloire de son roi. Au rebours de Molière qui avait jugé qu'il n'y avait point de vers assez forts pour chanter la gloire de Louis XIV et qu'il fallait se consacrer à le divertir seulement [1], Corneille estimait qu'il était précisément, en ses derniers jours de vie, la « docte voix » exigée par la grandeur du roi et que c'était à d'autres de se consacrer aux « plaisirs » du roi en écrivant des pièces de théâtre.

Est-ce à dire qu'il n'y a plus de place pour les héros de tragédie, et que le dernier héros qu'il est désormais possible de chanter est le seul héros vivant, le Roi ? Ou encore, comme la plupart des interprètes de Corneille s'accordent à l'affirmer depuis quelques décennies, que *Suréna* constitue l'aboutissement du théâtre tragique du poète ? que *Suréna*, avec la mort de son héros qui refuse de soumettre sa gloire et de sacrifier sa liberté intérieure à la toute-puissance d'un monarque absolu, constate la fin de la tragédie cornélienne ? Cette interprétation finaliste et séduisante n'est séduisante que parce qu'elle est finaliste ; dans l'impossibilité d'imaginer une postérité à *Suréna*, l'on se réjouit que cette pièce offre la possibilité d'y lire un véritable discours conclusif, si ce n'est un discours de renoncement. Il est vrai qu'en apparence Corneille a bouclé la boucle : au dénouement de *Suréna*, c'est

1. Prologue du *Malade imaginaire* (1673), dans Molière, *Œuvres complètes*, éd. G. Couton, « Bibliothèque de la Pléiade », Gallimard, 1971, vol. II, p. 1096 :

Pour chanter de LOUIS l'intrépide courage,
Il n'est point d'assez docte voix,
Point de mots assez grands pour en tracer l'image :
Le silence est le langage
Qui doit louer ses exploits.
Consacrez d'autres soins à sa pleine victoire ;
Vos louanges n'ont rien qui flatte ses désirs ;
Laissez, laissez là sa gloire,
Ne songez qu'à ses plaisirs.

comme si c'était Rodrigue qui mourait ; comme si Corneille avait définitivement tué le héros cornélien. Mais s'agit-il du même personnage ? N'y a-t-il vraiment qu'un héros cornélien, idée abstraite et projection fantasmatique tout à la fois qui s'incarnerait de pièce en pièce sous des noms historiques différents ? Par ailleurs, estimer que Corneille en est réduit à faire taire son héros, n'est-ce pas lui dénier d'être ce qu'il est au premier chef : un artiste, c'est-à-dire un homme capable d'imaginer ce que nous ne pouvons pas imaginer ? Le fait que la monarchie absolue ne laisse plus d'espace pour le Héros empêchait-il Corneille de concevoir, comme il l'avait fait tant de fois, des œuvres où le roi se confondrait avec le héros ? Et si la tragédie revendique — explicitement depuis la Renaissance — d'être un miroir tendu aux grands de ce monde, on ne voit pas ce qui interdisait à Corneille de composer d'autres œuvres qui auraient permis à son roi-héros une méditation sur l'inconfort de la condition royale. Au plus fort du mirage du bonheur louis-quatorzien, Bossuet a-t-il jamais pensé qu'il devait cesser ses remontrances ? Même s'il a pu croire qu'il en était réduit à composer des exercices d'école, il ne s'est jamais tu parce qu'il savait que sa fonction était d'adresser des remontrances aux grands de ce monde. Dès lors Corneille, qui venait d'éprouver dans sa propre chair les conséquences de la politique belliqueuse de son roi[1], aurait eu largement matière à poursuivre dans ce sens son œuvre théâtrale. Aussi, plutôt que de voir dans *Suréna* une conclusion qui ne pouvait être suivie que par le silence, peut-être faudrait-il se contenter d'interpréter ce silence à la

---

1. *Au Roi*, poème cité, v. 45-50 (*OC* III, p. 1314) :
Je sers depuis douze ans, mais c'est par d'autres bras
Que je verse pour toi du sang dans les Combats :
J'en pleure encore un Fils, et tremblerai pour l'autre,
Tant que Mars troublera ton repos et le nôtre,
Mes frayeurs cesseront enfin par cette Paix,
Qui fait de tant d'États les plus ardents souhaits.

lumière de ce que Corneille explique lui-même dans son poème *Au Roi* : le chagrin causé par la mort de son fils, l'inquiétude devant les dangers similaires encourus par son autre fils, la lassitude due à la relative indifférence de ses contemporains pour ses dernières œuvres, la certitude que Dieu ne tardera pas à le rappeler, voilà assez de raisons pour le faire reculer devant l'ampleur de la tâche que constitue sa conception exigeante d'une œuvre de théâtre et pour l'inciter à se cantonner désormais dans de courts poèmes d'éloge.

Renoncer à chercher dans *Suréna* une conclusion ou la manifestation d'une aporie créatrice, ce qui revient au même, laisse entière la question fondamentale que pose cette pièce depuis trois siècles : pourquoi la dernière œuvre dramatique de Corneille est-elle en même temps l'œuvre la plus tragique de sa carrière ? Car c'est bien la réponse à cette question qui subordonne toutes les interprétations de la pièce. Ou, plus exactement, c'est pour répondre implicitement à cette question que l'on élabore des interprétations et de la pièce et de la courbe du théâtre entier de Corneille. Nous reprendrons donc cette interrogation essentielle, mais en déplaçant ses implications. Plutôt que de nous interroger sur la signification que peut avoir cette ultime tragédie dans l'ensemble de son œuvre, nous chercherons à comprendre pourquoi en 1673-1674 Corneille a décidé de proposer un type d'intrigue — la mort annoncée du héros — qu'il avait presque toujours évité, à moins d'en détourner le fonctionnement classique (*La Mort de Pompée, Sertorius*). Disons-le d'emblée : Racine y est peut-être pour quelque chose, mais pas au sens où on l'entend habituellement d'une influence du jeune rival sur le vieil auteur. Car si l'on part de l'hypothèse inverse, de l'affirmation du vieil auteur contre celui qui se prétend le véritable héritier du genre inventé par les Anciens, on peut se demander si Corneille n'a pas voulu, dans le contexte littéraire crucial des années 1673-1674, se livrer à une démonstration de *sa* conception de la tragédie.

L'enjeu

Ce n'est pas trop hasarder que d'estimer que la période de composition de *Suréna* a dû s'étaler sur la douzaine ou, au plus, la quinzaine de mois qui précèdent le commencement de l'automne de 1674. Sa genèse est donc contemporaine de plusieurs événements littéraires considérables du point de vue de l'histoire de la tragédie française. Racine, tout juste élu à l'Académie française, publie son *Mithridate* (mars 1673) qui vient d'obtenir un triomphe à la scène. Non content de talonner Corneille dans la notoriété littéraire, n'aspirant qu'à se hisser sur la plus haute marche à ses côtés, il se permet de chasser sur ses terres : sujet emprunté à Plutarque, action qui se dénoue par un coup de théâtre, désintéressement héroïque du premier amoureux... De leur côté, Quinault et Lully donnent leur première tragédie lyrique, *Cadmus et Hermione* (avril 1673), légitimant leur entreprise en se prétendant les héritiers exclusifs de la tragédie antique, les véritables dépositaires du genre ; et ils disposent désormais de la salle la plus belle et la mieux située de Paris, d'où les derniers compagnons de Molière, mort en février 1673, viennent d'être chassés, le Palais-Royal. Enfin, depuis de longs mois, Boileau multipliait les lectures de son *Art poétique* ; Corneille ne pouvait pas ne pas savoir que l'œuvre se terminait par une invitation aux poètes d'illustrer le règne de Louis XIV et qu'il était cité au premier rang des « Nourrissons des Muses », juste avant Racine. L'hommage était inévitable — qui songeait à mettre en question la royauté littéraire que quarante ans d'une carrière presque constamment triomphale lui avaient acquise ? —, mais il contenait une réserve implicite sur sa production la plus récente, et lançait un véritable défi :

> Que Corneille pour lui [le roi] rallumant son audace
> Soit encor le Corneille et du Cid et d'Horace.

Il ne suffisait donc pas d'être considéré comme le plus grand auteur tragique de son temps, si ce n'est de tous les temps. Et l'on voit bien que n'étaient menacés ni son héritage, ni son nom, ni même son image. C'était son pouvoir de création qui était mis en cause. Le Grand Auteur devait montrer qu'il pouvait encore se mêler aux solistes du concert donné à la gloire du « plus grand roi du monde ». Le défi, lancé dans les salons parisiens éblouis au cours de 1673, allait être proclamé devant toute la France : l'*Art poétique* était sous presse.

En même temps, placé entre Racine d'un côté et Quinault-Lully de l'autre, qui, s'ils se déchiraient l'héritage de la tragédie, obtenaient des triomphes quand lui-même ne connaissait plus que des succès d'estime, Corneille ne pouvait pas ne pas sentir qu'il risquait de se trouver effectivement exclu aux yeux du public du champ du discours *poétique*. Il n'avait donc guère le choix qu'entre se taire ou proposer quelque chose de différent de tout ce qu'il avait écrit au cours des dernières années, et qui serait en même temps différent de ce que proposaient ses confrères. Or depuis trois ans, la voie était devenue étroite : la tragédie lyrique, en héritière prétendue de la tragédie antique, s'attaquait directement à la mythologie et aux légendes grecques, donc aux mythes fondateurs du genre ; et Corneille savait bien ce qu'il en était puisque, outre ses deux tragédies à machines, *Andromède* et *La Conquête de la Toison d'or*, il venait de collaborer très étroitement, aux côtés de Molière, Quinault et Lully, à l'ultime préfiguration de l'opéra français, *Psyché* (1671). De son côté, son propre frère Thomas venait de succomber à la mode des sujets mythologiques, obtenant un succès considérable à l'Hôtel de Bourgogne avec son *Ariane* (1672). Quant à Racine, tout en invoquant constamment l'exemple des Anciens, il variait à plaisir ses sujets, comme s'il voulait épuiser tous les possibles et enfermer Corneille dans ce type de tragédie non tragique — la « comédie héroïque » — qu'il avait inventé dès 1650 (*Don Sanche d'Aragon*), dont il avait approfondi la théorie dix ans plus tard dans son *Discours de la tragédie*, et qu'il explorait sans véritable succès depuis 1670 (*Tite et Bérénice* et *Pulchérie*). Or la comédie héroïque, par sa conception même, repose sur une esthétique de l'admiration qui, sans être incompatible avec la délicatesse des sentiments, tourne le dos à l'esthétique de l'attendrissement, qui répondait à l'attente du public de ces années-là. Non que Corneille ait jamais récusé les larmes : n'est-ce pas au nom de l'incapacité de tel type de sujet à « tirer beaucoup de larmes » du public, qu'il le condamne[1] ? Mais les larmes ne sont pas les mêmes, qui sont suscitées par le raidissement de l'orgueil d'un héros qui surmonte sa souffrance, ou au contraire par l'abandon à la passion d'un héros malheureux qui verse lui-même des larmes sur la scène.

Abandonner la comédie héroïque, donc, mais sans pouvoir revenir à cette « espèce de nouvelle tragédie » qu'il avait fait triompher auparavant et qu'il jugeait dans son *Discours de la tragédie* plus belle que celles que recommandait Aristote, la tragédie à retournement : « Mais quand ils [...] font de leur côté tout ce qu'ils peuvent [pour perdre ceux qu'ils connaissent], et qu'ils sont empêchés d'en venir à l'effet par quelque puissance supérieure, ou par quelque chan-

---

1. Il s'agit des sujets où un personnage doit faire périr un de ses proches sans le connaître et le reconnaît *in extremis* : « [...] Ceux qui aiment à les mettre sur la scène peuvent les inventer sans crainte de la censure. Ils pourront produire par là quelque agréable suspension dans l'esprit de l'auditeur ; mais il ne faut pas qu'ils se promettent de lui tirer beaucoup de larmes » (*Discours de la tragédie*, dans Corneille, *Œuvres complètes*, éd. G. Couton, « Bibliothèque de la Pléiade », Paris, Gallimard, 1987, vol. III, p. 158-159).

gement de fortune qui les fait périr eux-mêmes, ou les réduit sous le pouvoir de ceux qu'ils voulaient perdre, *il est hors de doute que cela fait une tragédie d'un genre peut-être plus sublime que les trois qu'Aristote avoue*[1]. » Or Racine, qui avait bien lu son Corneille, venait justement de reprendre cette définition à la lettre pour en faire son *Mithridate*, qui se dénoue par un coup de théâtre. Dès lors, en revenant à la structure tragique qu'il préférait, Corneille se serait mis dans la délicate et paradoxale position de paraître faire du Racine, avec le risque d'être jugé inférieur pour défaut de « tendresse ».

Pour rester le Sophocle du XVIIe siècle, mais un Sophocle vivant et non statufié (« rallumant son audace »), enjeu crucial en ces années de « querelle de la tragédie », il lui fallait montrer que quinze ans après avoir proposé un *Œdipe*, il était toujours le plus capable d'adapter l'esprit de la tragédie antique à la France du XVIIe siècle, tout en continuant à faire du Corneille ; autrement dit, prouver que sa dramaturgie était la véritable héritière moderne de la dramaturgie grecque, et que, si cela impliquait de renoncer à certaines de ses innovations, il lui suffisait de réduire à l'essentiel son propre système dramatique.

Choix du sujet tragique

« Le sujet de cette Tragédie est tiré de Plutarque, et d'Appian Alexandrin », écrit Corneille dans sa préface. Source unique en fait, le texte prêté à Appien sous le titre de *La Guerre des Parthes* se révélant être constitué d'extraits de la *Vie de Crassus* de Plutarque. Avant *Suréna*, il s'est déjà tourné quatre fois vers les *Vies des hommes illustres* : il y a puisé les sujets de *La Mort de Pompée*, de *Sertorius*, d'*Othon* et d'*Agésilas*. On peut

1. *Discours de la tragédie*, éd. cit., p. 153 ; nous soulignons.

croire qu'un lecteur aussi familier de Plutarque — dont les lectures, qui plus est, étaient constamment guidées par la quête de sujets susceptibles d'être adaptés au théâtre — n'avait pu manquer d'être frappé, et sans doute très tôt, par l'histoire de ce Romain : digne de mémoire, en effet, était la vie de Crassus, l'homme le plus riche de Rome, le vainqueur de Spartacus, l'allié au triumvirat de César et de Pompée, et le responsable, pour finir, de la plus importante et la plus humiliante défaite que Rome ait jamais connue ; parti chercher la gloire et renforcer sa puissance politique en s'attaquant aux Parthes, il fut vaincu et tué à la bataille de Carrhes par Suréna, après avoir vu la tête de son fils brandie au bout d'une lance parthe. Extraordinaire destin, type même du renversement de fortune, dont Aristote considérait dans sa *Poétique* qu'il constitue le sujet fondamental de la tragédie. Et Plutarque invitait lui-même les auteurs de théâtre à se saisir de son histoire : « Voilà quelle fut l'issue de l'entreprise et du voyage de Crassus qui ressemble proprement à la fin d'une tragédie. » Il y avait effectivement de quoi dresser une tragédie à partir des dernières heures de Crassus. Seulement le vieil et avaricieux Crassus ne correspondait en aucune manière aux parfaits héros que Corneille proposait sur son théâtre.

Mais celui-ci n'a pas manqué de discerner qu'il y avait dans cette histoire quelque chose qui ferait un meilleur sujet de tragédie que le destin de Crassus. Plutarque terminait en effet sa *Vie* sur un court épilogue moral : les vainqueurs eux-mêmes s'entretuaient, victimes de leur propre victoire. Tels sont les derniers mots du texte :

> Voilà quelle fut l'issue de l'entreprise et du Voyage de Crassus, qui ressemble proprement à la fin d'une Tragédie. Mais la vengeance de la cruauté d'Hyrodes [le roi parthe], et de la déloyauté parjure de Suréna, retomba enfin sur les têtes de l'un et de l'autre, comme ils avaient bien mérité : car Hyrodes fit mourir Suréna pour l'envie qu'il porta à sa

> gloire : et Hyrodes après avoir perdu son fils Pacorus en une bataille où il fut défait par les Romains, devint malade d'une maladie qui se tourna en hydropisie : et son second fils Phraates lui cuidant avancer ses jours, lui donna à boire du jus de l'aconite. La maladie reçut le poison, de sorte qu'ils se chassèrent l'un l'autre hors du corps : à l'occasion de quoi Phraates voyant que son père commençait à se mieux porter, pour avoir plus tôt fait, l'étrangla lui-même (traduction de Jacques Amyot, 1559) [1].

Une seconde tragédie succède donc à la première. Et l'on saisit d'autant plus facilement comment a pu se faire le glissement de la tragédie de Crassus à celle de Suréna que celui-ci, s'il avait usé de déloyauté pour attirer Crassus dans un piège et de cruauté dans l'extermination de l'armée romaine, n'en était pas moins aisément transfigurable en héros de tragédie française du XVIIe siècle. Plutarque avait insisté sur ses qualités hors du commun :

> [...] Suréna n'était point homme de basse ou petite qualité, mais le second des Parthes après le Roy, tant en noblesse et en réputation : mais en vaillance, suffisance et expérience au fait des armes, le premier personnage qui fût de son temps entre les Parthes, et au demeurant en grandeur et beauté de corps, ne cédant à nul autre [2].

Et Corneille de renchérir :

> [Plutarque et Appian Alexandrin] disent tous deux que Suréna était le plus noble, le plus riche, le mieux fait, et le plus vaillant des Parthes. Avec ces qualités, il ne pouvait manquer d'être un des premiers hommes de son siècle, et si je ne m'abuse, la peinture que j'en ai faite ne l'a point rendu méconnaissable. Vous en jugerez (Avis au Lecteur).

Il avait des raisons d'être satisfait : lui qui avait dû quelquefois réaliser des tours de force pour donner une image de héros parfait à des personnages histo-

---

1. *Les Vies des hommes illustres*, éd. G. Walter, « Bibliothèque de la Pléiade », Paris, Gallimard, 1951, t. II, p. 97-98. 2. *Ibid.*, p. 78.

riques falots (Cinna), parricides (Antiochus dans *Rodogune*, Nicomède), ou un peu troubles (Grimoald dans *Pertharite*, Othon), il n'avait eu cette fois rien, ou presque, à retoucher.

Ainsi, grâce à la personnalité de la victime, le destin de Suréna est-il, mieux encore que le destin de Crassus, digne de la tragédie. Il constitue lui aussi un renversement du bonheur au malheur, le malheur prenant sa source dans l'excès de bonheur, puisque c'est sa victoire sur les Romains, résultat de ses qualités exceptionnelles et véritable couronnement de ses actions, qui provoque sa chute par le supplément de gloire qu'elle lui apporte. Et Corneille s'était plu à rappeler quelques années plus tôt que depuis l'Antiquité la persécution des héros triomphants est à la source même de la tragédie :

> Ce n'est pas d'aujourd'hui que l'envie et la haine
> Ont persécuté les Héros.
> Hercule en sert d'exemple, et l'Histoire en est pleine,
> Nous ne pouvons souffrir qu'ils meurent en repos [1].

Qui plus est, c'est l'homme qui lui doit tout et dont il est le principal soutien, le roi, qui provoque sa chute. « Passage du bonheur au malheur » causé par un « surgissement de violences au cœur des alliances » : il n'est pas de sujet plus parfaitement tragique, au sens où l'entendait Aristote [2].

Restait à faire de ce sujet une tragédie française, c'est-à-dire une tragédie dans laquelle s'entremêlent étroitement un enjeu politique et un enjeu amoureux. Restait aussi à rendre vraisemblable qu'un roi puisse songer à faire périr celui à qui il doit tout. Dans la pièce de Corneille, le héros n'a pas seulement plus de gloire que son roi : tout innocent qu'il est, il commet une faute politique en refusant d'épouser la fille du

1. *Agésilas*, III, 1, v. 874-877, éd. cit., vol. III, p. 595. 2. Ces deux caractéristiques constitutives du sujet de la tragédie sont définies par Aristote respectivement aux chapitres 13 et 14 de la *Poétique*.

roi et en demeurant secrètement amoureux de la princesse étrangère que le fils du roi doit épouser. Par là, il semble refuser de soumettre sa gloire à son roi et il se retrouve en situation de rivalité amoureuse avec le prince héritier. Quoique dépourvu de toute velléité de révolte, il est potentiellement un révolté.

La tragédie, la politique et le tragique

Ainsi, bien que Corneille n'ait pas cherché à en faire une démonstration explicite, *Suréna* se présente comme une explication de la fonction de la politique dans son théâtre. Profitant de ce que la tragédie met en scène des chefs de guerre, des rois et des reines qui, pour être souverains, n'en sont pas moins hommes, le poète joue sur le double plan que cette situation permet : une opposition entre le plan humain et le plan politique. Par là, par là seulement, la politique possède des virtualités tragiques. Car il est des situations politiques qui, dans leur objectivité, placent le héros qui se veut innocent en situation de se rendre coupable ; pire, elles placent le roi le plus légitime en situation de tyranniser l'innocence et la liberté des cœurs. Le paradoxe tragique est d'autant plus fort que Corneille a choisi de placer son action dans une situation de calme politique absolu : paix aux frontières, paix à l'intérieur, un roi légitime qui a pour seule ambition de régner en roi et dont nul ne conteste la souveraineté. En somme, point de passions politiques rivales, mais, dans le cadre de la monarchie absolue et de son corollaire, la raison d'État, une situation politique parfaitement rationnelle. D'ailleurs, c'est le seul roi Orode qui paraît en scène au dernier acte, et non son fils Pacorus en proie à l'égarement de la jalousie amoureuse ; et tout ce que le roi demande, c'est le respect (« Modérez vos hauteurs » : V, 1, v. 1495), et une obéissance minimale (« Il me faut un Hymen » : V, 1, v. 1497) qui permettrait de sauver les apparences.

Dès lors, on voit bien que la signification de cette pièce ne réside ni dans la question de l'ingratitude politique ni dans celle de la situation anarchique du héros dans une monarchie absolue — ces deux *thèmes* politiques n'entrent en jeu que pour fournir des raisons objectives et des motivations psychologiques à la condamnation du héros —, ni encore moins dans une quelconque condamnation de l'absolutisme royal, à travers la raison d'État — qui est aussi un *thème* dont la fonction est de créer le tragique de la situation politique. Corneille ne délivre pas de « message » politique, pas plus qu'il ne propose une analyse du fonctionnement des États. Simplement, fils de l'humanisme et poète de l'âge classique, il choisit naturellement des sujets qui possèdent dans leur structure tragique même une dimension réflexive.

Le tragique dans *Suréna* ne réside donc pas simplement dans l'assassinat d'un héros innocent et parfait suivi de la mort de l'héroïne. Subjectivement le héros est innocent, puisqu'il se contente d'aimer en renonçant à celle qu'il aime ; et c'est pourquoi dans les analyses qu'il propose à son amante Eurydice et à sa sœur Palmis (V, 2-3), il accuse la jalousie du souverain à l'égard de sa gloire et l'ingratitude royale. Mais sur le plan objectif de la politique, il est coupable. Sa faute, c'est de ne pas comprendre que, pour avoir créé involontairement une situation objective dans laquelle il a plus de gloire que son roi, il ne lui est plus loisible de dire : « Mais si je lui dois tout, mon cœur ne lui doit rien » (V, 2, v. 1524). De fait, sa sœur Palmis l'affirme clairement à Eurydice : « Qu'il se donne à Mandane [qu'il épouse la fille du roi], il n'aura plus de crime » (IV, 2, v. 1142). Et ce n'est pas en vain qu'Eurydice a laissé entrevoir au prince Pacorus une obscure menace (IV, 3, v. 1255 *sq.*) : le roi en déduira que tout est possible et que les amants pourraient bien vouloir fuir ensemble (V, 1, v. 1385 *sq.*). Peu importe alors qu'Eurydice en récuse l'idée. La culpabilité est dans le seul fait d'avoir donné prise au soupçon.

Donc, pour une part, le tragique, c'est que le héros est coupable sur le plan politique tout en étant innocent sur le plan humain. Situation sans issue, dans laquelle le héros, en tant qu'être humain, est écrasé par une véritable *fatalité politique*. D'une certaine manière, voilà la réponse cornélienne à la tragédie de ses rivaux. Corneille a su voir que la politique peut quelquefois être tragique, en ce sens qu'elle constitue une version moderne de la fatalité antique — ou, si l'on préfère, une version actualisée du drame tragique d'Antigone —, et qu'elle permet de mettre en scène un héros qui, coupable sur le plan politique, tout en étant innocent sur le plan humain, se révèle ni tout à fait coupable, ni tout à fait innocent, c'est-à-dire parfaitement conforme à *sa propre interprétation* de la définition aristotélicienne du héros [1]. Car il ne s'agit pas du tout de la *bonté médiocre* (la vertu capable de faiblesse) érigée en dogme, au nom d'Aristote, par Racine dans la préface d'*Andromaque*. Ce que Corneille montre une dernière fois avec le personnage de Suréna, c'est que sa conception du héros parfait peut valoir même dans une « vraie tragédie ». La vertu de Suréna le rend incapable de commettre une « faute » ; sa seule faiblesse est d'aimer ; plus exactement de vouloir rester fidèle à cet amour tout en y renonçant (double perfection en quelque sorte), ce qui n'est pas une « faute » sur le plan humain, tout en se révélant une faute objective sur le plan politique. En somme, le destin de Suréna est tragique, il est de nature à susciter la crainte et la pitié, parce qu'il est à la fois, selon le plan sur lequel on se place, injuste et, si ce n'est juste, du moins politiquement justifié. Précisons, pour finir, que la politique est tragique aussi pour le monarque, car le roi est *acculé* à condamner Suréna,

1. Voir sa discussion dans le *Discours de la tragédie*, éd. cit., vol. III, p. 144-151.

geste jugé non « généreux » (V, 3, v. 1595), et la malédiction finale de Palmis est justement là pour nous rappeler que son crime lui a fait mettre le doigt dans un engrenage mortel.

Tragique *moderne*, fatalité *moderne*, écho *moderne* d'un des plus grands mythes grecs (*Antigone*), Corneille ne renonce en aucune manière à sa conception de la tragédie. Ainsi son héros ne correspond en rien au héros de la tragédie antique ou humaniste accablé par une force qui le dépasse et qu'il ne comprend pas, ou victime d'un engrenage qu'il ne maîtrise pas. Suréna n'est pas comme Antigone un pion fragile entre les mains d'un destin qui écrase tous les membres de la famille d'Œdipe ; il n'est victime de la fatalité politique que pour autant qu'il a accepté de l'être ; sa mort à la fin correspond exactement au vœu qu'il exprimait à son entrée en scène :

> Je n'ai plus que ce jour, que ce moment de vie :
> Pardonnez à l'amour qui vous la sacrifie,
> Et souffrez qu'un soupir exhale à vos genoux,
> Pour ma dernière joie, une âme toute à vous.
>
> (I, 3, v. 253-256)

Il n'a accepté de survivre, comme le lui demandait Eurydice, qu'en décidant de lier son amour et son secret au refus d'épouser la fille du roi : c'est en pleine conscience qu'il s'est jeté dans l'engrenage politique qui ne pouvait que le conduire à la mort, engrenage qui peut être à tout moment arrêté sur une simple décision de sa part, comme ne cesse de le répéter sa sœur Palmis au dernier acte. Créer les conditions de sa survie, c'était préparer les conditions de sa mort. Dans la tragédie cornélienne, l'aliénation existe parce qu'il est donné au personnage d'en faire le choix — ce qui est, d'une certaine manière, une contradiction dans les termes, mais c'est à ce compte que Corneille a pu se convaincre d'écrire sa tragédie la plus tragique.

Georges Forestier

Suréna
général des Parthes

Tragédie

À PARIS
Chez Guillaume de Luynes, Libraire Juré,
au Palais en la Salle des Merciers,
sous la montée de la Cour des Aides,
à la Justice.

M. DC. LXXV
AVEC PRIVILÈGE DU ROI

SURENA
GENERAL DES PARTHES,
TRAGEDIE.

A PARIS,
Chez GUILLAUME DE LUYNE, Libraire
Juré, au Palais en la Salle des Merciers,
ſous la montée de la Cour des
Aydes, à la Juſtice.

M. DC. LXXV.
Avec Privilege du Roy.

AU LECTEUR

Le sujet de cette Tragédie est tiré de Plutarque[1], et d'Appian Alexandrin[2]. Ils disent tous deux que Suréna était le plus noble, le plus riche, le mieux fait, et le plus vaillant des Parthes. Avec ces qualités, il ne pouvait manquer d'être un des premiers Hommes de son Siècle, et si je ne m'abuse, la peinture que j'en ai faite ne l'a point rendu méconnaissable. Vous en jugerez[3].

---

1. Plutarque : *Les Vies des hommes illustres*. L'histoire de Suréna figure dans la « vie de Marcus Crassus ». **2.** Appien Alexandrin n'a jamais écrit le livre intitulé *De la guerre des Parthes* qu'on lui prête. Ce texte est, en fait, composé de passages des vies de Crassus et d'Antoine, extraits du livre de Plutarque. **3.** Cet avis *Au Lecteur* est d'une exceptionnelle brièveté, qui témoigne très probablement de la déception de Corneille devant l'accueil réservé qu'a rencontré sa dernière pièce. Les derniers mots contiennent l'espoir que le lecteur saura apprécier des qualités que le spectateur n'a pas su voir, notamment l'aptitude de Corneille à présenter des héros à la fois parfaits et compatibles avec l'histoire.

Acteurs

OrODE, *Roi des Parthes.*
PACORUS, *Fils d'Orode.*
SURÉNA, *Lieutenant d'Orode, et Général de son Armée contre Crassus.*
SILLACE, *Autre Lieutenant d'Orode.*
EURYDICE, *Fille d'Artabase, Roi d'Arménie.*
PALMIS, *Sœur de Suréna.*
ORMÈNE, *dame d'honneur d'Eurydice.*

La Scène est à Séleucie[1], *sur l'Euphrate.*

---

1. Séleucie a été fondée en 308 avant J.-C. par Séleucos Ier Nicator qui en fit la première capitale de son empire. Après la désagrégation de l'empire des Séleucides, les Parthes dominèrent la région et firent de Séleucie la capitale de leur royaume en 140 avant J.-C. La ville était située sur le Tigre, au cœur de la Mésopotamie (l'Irak actuellement).

ACTE PREMIER

Scène Première

EURYDICE, ORMÈNE

EURYDICE

Ne me parle plus tant de joie, et d'Hyménée,
Tu ne sais pas les maux où je suis condamnée,
Ormène, c'est ici que doit s'exécuter
Ce Traité qu'à deux Rois il a plu d'arrêter[1],
Et l'on a préféré cette superbe Ville,
Ces murs de Séleucie, aux murs d'Hécatompyle[2] :
La Reine et la Princesse en quittent le séjour[3],
Pour rendre en ces beaux lieux tout son lustre à la
[Cour ;
Le Roi les mande exprès, le Prince n'attend qu'elles,
Et jamais ces climats n'ont vu pompes si belles.
Mais que servent pour moi tous ces préparatifs,
Si mon cœur est esclave, et tous ses vœux captifs ;
Si de tous ces efforts de publique allégresse

1. Traité entre les Parthes et les Arméniens, à la suite de la victoire du roi Orode (voir les v. 84-85) : le scellement de l'alliance entre Parthes et Arméniens est le mariage (« Hyménée » : v. 1) entre Pacorus, prince héritier du royaume parthe, et Eurydice, fille du roi d'Arménie. Selon Plutarque, il s'agissait en fait d'une sœur du roi Artabase. 2. Hécatompylos a été longtemps la capitale des Parthes, étant située au sud de la mer Caspienne, dans une région qui est le berceau des Parthes (l'Iran actuellement). 3. L'épouse du roi Orode et sa fille quittent Hécatompyle pour rejoindre la cour à Séleucie.

Il se fait[1] des sujets de trouble, et de tristesse ?
J'aime ailleurs.

ORMÈNE

Vous, Madame ?

EURYDICE

Ormène, je l'ai tu,
Tant que j'ai pu me rendre à toute ma vertu[2].
N'espérant jamais voir l'Amant qui m'a charmée,
Ma flamme dans mon cœur se tenait renfermée,
L'absence et la raison semblaient la dissiper,
Le manque d'espoir même aidait à me tromper,
Je crus ce cœur tranquille, et mon devoir sévère
Le préparait sans peine aux lois du Roi mon père,
Au choix qui lui plairait, mais, ô Dieux ! quel tourment,
S'il faut prendre un époux aux yeux de cet Amant !

ORMÈNE

Aux yeux de votre Amant !

EURYDICE

Il est temps de te dire
Et quel malheur m'accable, et pour qui je soupire :
Le mal qui s'évapore en devient plus léger[3],
Et le mien avec toi cherche à se soulager.
Quand l'avare Crassus[4], Chef des troupes Romaines,

---

1. Le sujet est « mon cœur » (v. 12) : le cœur malheureux d'Eurydice voit dans toutes les marques d'allégresse des sujets de trouble et de tristesse. 2. Me soumettre à toute ma vertu (c'est-à-dire permettre à ma vertu de l'emporter sur mes sentiments amoureux). 3. Un malheur, lorsqu'il est confié, se réduit en fumée et fait moins souffrir. 4. Son avidité au gain était célèbre : elle avait fait de lui l'un des hommes les plus riches de Rome, et, aux dires de Plutarque, l'avait poussé à entreprendre inconsidérément la guerre contre les Parthes.

Entreprit de dompter les Parthes dans leurs Plaines[1],
Tu sais que de mon père il brigua le secours,
Qu'Orode en fit autant au bout de quelques jours,
Que pour Ambassadeur il prit ce Héros même
Qui l'avait su venger, et rendre au Diadème[2].

ORMÈNE

Oui, je vis Suréna vous parler pour son Roi,
Et Cassius[3] pour Rome avoir le même emploi :
Je vis de ces États l'orgueilleuse puissance
D'Artabase à l'envi mendier l'assistance,
Ces deux grands intérêts partager votre Cour,
Et des Ambassadeurs prolonger le séjour.

EURYDICE

Tous deux ainsi qu'au Roi me rendirent visite,
Et j'en connus bientôt le différent mérite.
L'un fier, et tout gonflé d'un vieux mépris des Rois,
Semblait pour compliments nous apporter des lois :
L'autre par les devoirs d'un respect légitime
Vengeait le sceptre en nous de ce manque d'estime[4].
L'amour s'en mêla même, et tout son entretien
Sembla m'offrir son cœur et demander le mien :

---

1. Ces *plaines* désignent les régions plates et désertiques de la haute Mésopotamie dans lesquelles les Parthes entraînèrent les Romains. Plutarque raconte que, tandis que les Parthes avaient envoyé un traître « pour abuser Crassus et tâcher à le tirer le plus en arrière de la rivière et du pays bossu, pour le jeter en pays de campagne infinie, où on le pût envelopper de tous côtés avec la chevalerie », le roi d'Arménie Artabase l'avertissait « de marcher toujours et se camper en pays bossu, fuyant les plaines et lieux où la chevalerie se pût aider, et s'approchant toujours des montagnes ». **2.** *Rendre* le roi Orode *au Diadème* : la tournure actuelle serait *rendre le diadème* (la couronne) *à* Orode. Suréna permit à Orode de reconquérir son trône (voir III, 1, v. 711-713), dont il avait été chassé par la rébellion de son propre frère Mithridate (appelé Mithradate par Corneille : III, 2, v. 857). **3.** Le principal lieutenant de Crassus. Son ambassade auprès des Arméniens est imaginaire : ce fut, selon Plutarque, le roi Artabase lui-même qui vint jusqu'au camp de Crassus pour lui promettre son aide. Le mot Cassius compte pour trois syllabes (diérèse). **4.** Par ses respects, Suréna vengeait l'honneur de la monarchie, humiliée par le mépris, traditionnel chez les Romains (v. 43), de Cassius.

Il l'obtint, et mes yeux que charmait sa présence
Soudain avec les siens en firent confidence ;
Ces muets truchements[1] surent lui révéler
Ce que je me forçais à lui dissimuler,
Et les mêmes regards qui m'expliquaient sa flamme
S'instruisaient dans les miens du secret de mon âme.
Ses vœux y rencontraient d'aussi tendres désirs,
Un accord imprévu confondait nos soupirs,
Et d'un mot échappé la douceur hasardée
Trouvait l'âme en tous deux toute persuadée[2].

ORMÈNE

Cependant est-il Roi, Madame[3] ?

EURYDICE

Il ne l'est pas,
Mais il sait rétablir les Rois dans leurs États.
Des Parthes le mieux fait d'esprit, et de visage,
Le plus puissant en biens, le plus grand en courage,
Le plus noble, joins-y l'amour qu'il a pour moi,
Et tout cela vaut bien un Roi qui n'est que Roi.
Ne t'effarouche point d'un feu dont je fais gloire,
Et souffre de mes maux que j'achève l'histoire.
L'amour sous les dehors de la civilité
Profita quelque temps des longueurs du Traité,
On ne soupçonna rien des soins d'un si grand homme,
Mais il fallut choisir entre le Parthe et Rome.
Mon père eut ses raisons en faveur du Romain,
J'eus les miennes pour l'autre, et parlai même en vain,
Je fus mal écoutée, et dans ce grand ouvrage
On ne daigna peser, ni compter mon suffrage.
Nous fûmes donc pour Rome, et Suréna confus
Emporta la douleur d'un indigne refus,

---

1. « Truchement » signifie interprète. La périphrase « les muets truchements » désigne les yeux. 2. Conquise. 3. Question oratoire, évidemment : Ormène ne peut pas ne pas savoir que Suréna n'est pas roi. Il s'agit de souligner l'infranchissable différence de condition entre Suréna et Eurydice.

Il m'en parut ému, mais il sut se contraindre,
Pour tout ressentiment il ne fit que nous plaindre,
Et comme tout son cœur me demeura soumis,
Notre Adieu ne fut point un Adieu d'ennemis.
Que servit de flatter l'espérance détruite ?
Mon père choisit mal, on l'a vu par la suite,
Suréna fit périr l'un et l'autre Crassus [1],
Et sur notre Arménie Orode eut le dessus,
Il vint dans nos États fondre comme un tonnerre ;
Hélas ! j'avais prévu les maux de cette guerre,
Et n'avais pas compté parmi ses noirs succès
Le funeste bonheur [2] que me gardait la paix.
Les deux Rois l'ont conclue, et j'en suis la victime,
On m'amène épouser un Prince magnanime,
Car son mérite enfin ne m'est point inconnu,
Et se ferait aimer d'un cœur moins prévenu [3] ;
Mais quand ce cœur est pris, et la place occupée,
Des vertus d'un rival en vain l'âme est frappée,
Tout ce qu'il a d'aimable importune les yeux,
Et plus il est parfait, plus il est odieux.
Cependant j'obéis, Ormène, je l'épouse,
Et de plus...

ORMÈNE

Qu'auriez-vous de plus ?

EURYDICE

Je suis jalouse.

---

1. Le fils de Marcus Crassus, Publius Crassus, à la tête de la cavalerie romaine, fut vaincu quelques heures avant la défaite du gros de l'armée. Il se suicida, et les Parthes brandirent sa tête au bout d'une lance devant le camp romain. Dans son souci de donner une image idéale de Suréna, Corneille a passé sous silence cet acte de barbarie. **2.** *Noirs succès/funeste bonheur* : ces alliances de mots ne sont pas des oxymores. Un mariage avec le prince héritier du royaume parthe, qui aurait fait le bonheur de n'importe quelle autre princesse, cause le malheur d'Eurydice, qui « aime ailleurs ». **3.** D'un cœur qui ne serait pas déjà disposé en faveur d'un autre.

ORMÈNE

Jalouse ! Quoi, pour comble aux maux dont je vous
[plains...

EURYDICE

Tu vois ceux que je souffre, apprends ceux que je crains.
Orode fait venir la Princesse sa fille,
Et s'il veut de mon bien [1] enrichir sa famille,
S'il veut qu'un double Hymen honore un même jour,
Conçois mes déplaisirs, je t'ai dit mon amour.
C'est bien assez, ô Ciel, que le pouvoir suprême
Me livre en d'autres bras aux yeux de ce que j'aime,
Ne me condamne pas à ce nouvel ennui [2]
De voir tout ce que j'aime entre les bras d'autrui.

ORMÈNE

Votre douleur, Madame, est trop ingénieuse [3].

EURYDICE

Quand on a commencé de se voir malheureuse,
Rien ne s'offre à nos yeux qui ne fasse trembler,
La plus fausse apparence a droit de nous troubler,
Et tout ce qu'on prévoit, tout ce qu'on s'imagine,
Forme un nouveau poison pour une âme chagrine.

ORMÈNE

En ces nouveaux poisons trouvez-vous tant d'appas [4],
Qu'il en faille faire un d'un Hymen qui n'est pas [5] ?

EURYDICE

La Princesse est mandée, elle vient, elle est belle,
Un vainqueur des Romains n'est que trop digne d'elle,

---

1. L'homme dont elle possède le cœur, Suréna. Orode enrichirait sa famille en mariant Suréna à sa fille. **2.** Chagrin, peine, souci ; presque toujours en ce sens au XVIIe siècle (voir plus loin les v. 168, 169, 276, 698, 1123, 1427, 1691). **3.** Raisonneuse : vous raisonnez trop dans votre douleur. **4.** Forme courante au XVIIe siècle de « appâts ». **5.** Prenez-vous tant de plaisir à vous torturer l'esprit que vous imaginiez un mariage (celui de Suréna et de la fille d'Orode) qui n'existe pas ?

S'il la voit, s'il lui parle, et si le Roi le veut...
J'en dis trop, et déjà tout mon cœur qui s'émeut...

ORMÈNE

À soulager vos maux appliquez même étude,
Qu'à prendre un vain soupçon pour une certitude :
Songez par où l'aigreur s'en pourrait adoucir[1].

EURYDICE

J'y fais ce que je puis, et n'y puis réussir.
N'osant voir Suréna qui règne en ma pensée
Et qui me croit peut-être une âme intéressée,
Tu vois quelle amitié j'ai faite avec sa sœur :
Je crois le voir en elle, et c'est quelque douceur,
Mais légère, mais faible, et qui me gêne[2] l'âme
Par l'inutile soin de lui cacher ma flamme.
Elle la sait sans doute, et l'air dont elle agit
M'en demande un aveu dont mon devoir rougit ;
Ce frère l'aime trop pour s'être caché d'elle ;
N'en use pas de même, et sois-moi plus fidèle,
Il suffit qu'avec toi j'amuse mon ennui[3] :
Toutefois, tu n'as rien à me dire de lui,
Tu ne sais ce qu'il fait, tu ne sais ce qu'il pense,
Une sœur est plus propre à cette confiance.
Elle sait s'il m'accuse, ou s'il plaint mon malheur,
S'il partage ma peine, ou rit de ma douleur,
Si du vol qu'on lui fait[4] il m'estime complice,
S'il me garde son cœur, ou s'il me rend justice.
Je la vois, force-la, si tu peux, à parler,
Force-moi, s'il le faut, à ne lui rien celer[5].
L'oserai-je, grands Dieux, ou plutôt le pourrai-je ?

---

1. Réfléchissez à ce qui pourrait adoucir l'aigreur de vos soupçons concernant ce mariage. **4.** Tourmenter (voir aussi le v. 709). **3.** Je distraie mon chagrin (voir ci-dessus la note du v. 107). **4.** Le mariage d'Eurydice avec le prince Pacorus. **5.** *Force-la [...] force-moi* : en fait, Ormène restera silencieuse durant toute la scène qui suit, conformément à l'usage de la tragédie qui veut qu'un confident n'intervienne pas dans un dialogue entre deux personnages principaux.

ORMÈNE

L'amour, dès qu'il le veut, se fait un privilège,
Et quand de se forcer ses désirs sont lassés,
Lui-même à n'en rien taire il s'enhardit assez.

Scène 2

EURYDICE, PALMIS, ORMÈNE

PALMIS

J'apporte ici, Madame, une heureuse Nouvelle,
Ce soir la Reine arrive.

EURYDICE

Et Mandane avec elle ?

PALMIS

On n'en fait aucun doute.

EURYDICE

Et Suréna l'attend
Avec beaucoup de joie, et d'un esprit content ?

PALMIS

Avec tout le respect qu'elle a lieu d'en attendre.

EURYDICE

Rien de plus ?

PALMIS

Qu'a de plus un Sujet à lui rendre ?

EURYDICE

Je suis trop curieuse, et devrais mieux savoir
Ce qu'aux filles des Rois un Sujet peut devoir.
Mais de pareils Sujets sur qui tout l'État roule
Se font assez souvent distinguer de la foule,

Et je sais qu'il en est, qui, si j'en puis juger,
Avec moins de respect savent mieux obliger[1].

PALMIS

Je n'en sais point, Madame, et ne crois pas mon frère
Plus savant que sa sœur en un pareil mystère.

EURYDICE

Passons. Que fait le Prince ?

PALMIS

En véritable Amant
Doutez-vous qu'il ne soit dans le ravissement,
Et pourrait-il n'avoir qu'une joie imparfaite,
Quand il se voit toucher au bonheur qu'il souhaite ?

EURYDICE

Peut-être n'est-ce pas un grand bonheur pour lui,
Madame, et j'y craindrais quelque sujet d'ennui.

PALMIS

Et quel ennui pourrait mêler son amertume
Au doux et plein succès du feu qui le consume ?
Quel chagrin a de quoi troubler un tel bonheur ?
Le don de votre main...

EURYDICE

La main n'est pas le cœur.

PALMIS

Il est maître du vôtre.

---

1. Expression volontairement peu claire : Eurydice, qui ne s'est pas encore dévoilée à Palmis, parle à mots couverts. Elle fait allusion à l'attitude de Suréna envers elle : il ne s'en est pas tenu au seul respect d'un sujet envers une fille de roi, puisqu'il lui a laissé entendre son amour et s'est fait aimer d'elle (voir I, 1, v. 45-50).

EURYDICE

Il ne l'est point, Madame,
Et même je ne sais s'il le sera de l'âme,
Jugez après cela quel bonheur est le sien.
Mais, achevons, de grâce, et ne déguisons rien,
Savez-vous mon secret ?

PALMIS

Je sais celui d'un frère.

EURYDICE

Vous savez donc le mien. Fait-il ce qu'il doit faire ?
Me hait-il ? et son cœur justement irrité
Me rend-il sans regret ce que j'ai mérité[1] ?

PALMIS

Oui, Madame, il vous rend tout ce qu'une grande âme
Doit au plus grand mérite et de zèle et de flamme.

EURYDICE

Il m'aimerait encor !

PALMIS

C'est peu de dire aimer,
Il souffre sans murmure, et j'ai beau vous blâmer,
Lui-même il vous défend, vous excuse sans cesse.
Elle est fille, et de plus, dit-il, *elle est Princesse.*
Je sais les droits d'un père, et connais ceux d'un Roi,
Je sais de ses devoirs l'indispensable loi,
Je sais quel rude joug dès sa plus tendre enfance
Imposent à ses vœux son rang et sa naissance :
Son cœur n'est pas exempt d'aimer, ni de haïr,
Mais qu'il aime, ou haïsse, il lui faut obéir,
Elle m'a tout donné ce qui dépendait d'elle,
Et ma reconnaissance en doit être éternelle.

---

1. Et son cœur, irrité à juste titre (que j'épouse Pacorus), me rend-il l'amour que je lui porte ?

EURYDICE

Ah, vous redoublez trop par ce discours charmant
Ma haine pour le Prince, et mes feux pour l'Amant,
Finissons-le[1], Madame, en ce malheur extrême
Plus je hais, plus je souffre, et souffre autant que j'aime.

PALMIS

N'irritons point vos maux, et changeons d'entretien.
Je sais votre secret, sachez aussi le mien.
Vous n'êtes pas la seule à qui la Destinée
Prépare un long supplice en ce grand Hyménée.
Le Prince...

EURYDICE

Au nom des Dieux ne me le nommez pas,
Son nom seul me prépare à plus que le trépas.

PALMIS

Un tel excès de haine !

EURYDICE

Elle n'est que trop due
Aux mortelles douleurs dont m'accable sa vue.

PALMIS

Eh bien, ce Prince donc qu'il vous plaît de haïr,
Et pour qui votre cœur s'apprête à se trahir,
Ce Prince qui vous aime, il m'aimait.

EURYDICE

L'infidèle !

PALMIS

Nos vœux étaient pareils, notre ardeur mutuelle,
Je l'aimais.

---

1. Finissons ce discours qui renforce ma haine et mon amour, et, partant, ma souffrance.

EURYDICE

Et l'ingrat brise des nœuds si doux !

PALMIS

Madame, est-il des cœurs qui tiennent[1] contre vous ?
Est-il vœux, ni serments qu'ils ne vous sacrifient ?
Si l'ingrat me trahit, vos yeux le justifient,
Vos yeux qui sur moi-même ont un tel ascendant...

EURYDICE

Vous demeurez à vous, Madame, en le perdant,
Et le bien d'être libre aisément vous console
De ce qu'a d'injustice un manque de parole,
Mais je deviens esclave, et tels sont mes malheurs,
Qu'en perdant ce que j'aime, il faut que j'aime ailleurs.

PALMIS

Madame, trouvez-vous ma fortune meilleure ?
Vous perdez votre Amant, mais son cœur vous demeure,
Et j'éprouve en mon sort une telle rigueur,
Que la perte du mien m'enlève tout son cœur.
Ma conquête m'échappe où les vôtres grossissent,
Vous faites des captifs des miens qui s'affranchissent[2],
Votre Empire s'augmente où se détruit le mien,
Et de toute ma gloire il ne me reste rien.

EURYDICE

Reprenez vos captifs, rassurez vos conquêtes,
Rétablissez vos lois sur les plus grandes têtes,
J'en serai peu jalouse, et préfère à cent Rois
La douceur de ma flamme, et l'éclat de mon choix :
La main de Suréna vaut mieux qu'un diadème.
Mais dites-moi, Madame, est-il bien vrai qu'il m'aime,
Dites, et s'il est vrai, pourquoi fuit-il mes yeux ?

---

1. Résistent. 2. Ceux que j'avais conquis se détachent de moi pour devenir vos « captifs ».

PALMIS

Madame, le voici qui vous le dira mieux.

EURYDICE

Juste Ciel, à le voir, déjà mon cœur soupire !
Amour, sur ma vertu prends un peu moins d'empire !

Scène 3

EURYDICE, SURÉNA

EURYDICE

Je vous ai fait prier de ne me plus revoir,
Seigneur, votre présence étonne[1] mon devoir
Et ce qui de mon cœur fit toutes les délices[2]
Ne saurait plus m'offrir que de nouveaux supplices.
Osez-vous l'ignorer, et lorsque je vous vois,
S'il me faut trop souffrir, souffrez-vous moins que moi ?
Souffrons-nous moins tous deux pour soupirer ensemble ?
Allez, contentez-vous d'avoir vu que j'en tremble,
Et du moins par pitié d'un triomphe douteux
Ne me hasardez plus[3] à des soupirs honteux.

SURÉNA

Je sais ce qu'à mon cœur coûtera votre vue,
Mais qui cherche à mourir doit chercher ce qui tue,
Madame, l'heure approche, et demain votre foi
Vous fait de m'oublier une éternelle loi,
Je n'ai plus que ce jour, que ce moment de vie :
Pardonnez à l'amour qui vous la sacrifie,
Et souffrez qu'un soupir exhale à vos genoux,
Pour ma dernière joie, une âme toute à vous.

---

1. *Étonner* : surprendre, inquiéter, causer de la crainte, effrayer.
2. Rappelons qu'aujourd'hui encore le mot est féminin lorsqu'il s'emploie au pluriel.
3. Ne m'exposez plus imprudemment...

EURYDICE

Et la mienne, Seigneur, la jugez-vous si forte,
Que vous ne craigniez point que ce moment l'emporte,
Que ce même soupir qui tranchera vos jours
Ne tranche aussi des miens le déplorable[1] cours ?
Vivez, Seigneur, vivez, afin que je languisse,
Qu'à vos feux ma langueur rende longtemps justice ;
Le trépas à vos yeux me semblerait trop doux,
Et je n'ai pas encore assez souffert pour vous.
Je veux qu'un noir chagrin à pas lents me consume,
Qu'il me fasse à longs traits goûter son amertume,
Je veux, sans que la mort ose me secourir,
Toujours aimer, toujours souffrir, toujours mourir.
Mais pardonneriez-vous l'aveu d'une faiblesse
À cette douloureuse et fatale tendresse ?
Vous pourriez-vous, Seigneur, résoudre à soulager
Un malheur si pressant, par un bonheur léger ?

SURÉNA

Quel bonheur peut dépendre ici d'un misérable,
Qu'après tant de faveurs son amour même accable ?
Puis-je encor quelque chose en l'état où je suis ?

EURYDICE

Vous pouvez m'épargner d'assez rudes ennuis.
N'épousez point Mandane, exprès on l'a mandée,
Mon chagrin, mes soupçons m'en ont persuadée ;
N'ajoutez point, Seigneur, à des malheurs si grands
Celui de vous unir au sang de mes tyrans,
De remettre en leurs mains le seul bien qui me reste,
Votre cœur ; un tel don me serait trop funeste,
Je veux qu'il me demeure, et malgré votre Roi,

1. « Déplorable » a son sens étymologique : qui inspire les larmes, la pitié.

Disposer d'une main qui ne peut être à moi[1].

SURÉNA

Plein d'un amour si pur et si fort que le nôtre,
Aveugle pour Mandane, aveugle pour toute autre[2],
Comme je n'ai plus d'yeux vers elles à tourner,
Je n'ai plus ni de cœur, ni de main à donner.
Je vous aime et vous perds. Après cela, Madame,
Serait-il quelque Hymen que pût souffrir mon âme ?
Serait-il quelques nœuds où se pût attacher
Le bonheur d'un Amant qui vous était si cher[3],
Et qu'à force d'amour vous rendez incapable
De trouver sous le Ciel quelque chose d'aimable ?

EURYDICE

Ce n'est pas là de vous, Seigneur, ce que je veux.
À la Postérité vous devez des neveux[4],
Et ces illustres morts, dont vous tenez la place
Ont assez mérité de revivre en leur race.
Je ne veux pas l'éteindre, et tiendrais à forfait[5]
Qu'il m'en fût échappé le plus léger souhait.

---

1. Le don de la personne aimée est un thème extrêmement fréquent chez Corneille : il est utilisé sous des formes diverses dans une quinzaine de pièces. Voir l'étude de R. Guichemerre, « Le renoncement à la personne aimée en faveur d'un/une autre dans le théâtre de Pierre Corneille », in *Pierre Corneille,* Actes du Colloque tenu à Rouen, pp. 581-592. **2.** L'édition de 1682 corrige en « tout autre ». Les deux formes sont acceptées au XVIIe siècle. Si *tout* n'est pas au féminin dans l'édition de 1682, ce n'est pas parce qu'il est pris adverbialement (usage qui ne s'imposera qu'à la fin du XVIIe siècle), mais parce que *autre* peut être considéré comme un masculin même lorsqu'il se rapporte à une femme. **3.** « Attacher » peut rimer avec « cher » parce qu'au XVIIe siècle, dans tous les textes en vers, les consonnes finales étaient systématiquement prononcées à la rime ; c'est pourquoi déjà aux v. 83-84 « Crassus » peut rimer avec « dessus ». **4.** « Neveux » dérive du latin *nepos,* « petit-fils ». Le mot peut donc signifier au XVIIe siècle : petits-enfants, neveux (au sens actuel), et plus généralement descendants. **5.** Je tiendrais pour un crime (je considérerais comme un crime).

SURÉNA

Que tout meure avec moi, Madame. Que m'importe
Qui foule après ma mort la Terre qui me porte ?
Sentiront-ils percer par un éclat nouveau,
Ces illustres Aïeux, la nuit de leur tombeau[1] ?
Respireront-ils l'air où les feront revivre
Ces neveux qui peut-être auront peine à les suivre,
Peut-être ne feront que les déshonorer,
Et n'en auront le sang que pour dégénérer ?
Quand nous avons perdu le jour qui nous éclaire,
Cette sorte de vie est bien imaginaire,
Et le moindre moment d'un bonheur souhaité
Vaut mieux qu'une si froide et vaine éternité[2].

EURYDICE

Non, non, je suis jalouse, et mon impatience
D'affranchir mon amour de toute défiance,
Tant que je vous verrai maître de votre foi,
La croira réservée aux volontés du Roi :
Mandane aura toujours un plein droit de vous plaire,
Ce sera l'épouser que de le pouvoir faire,
Et ma haine sans cesse aura de quoi trembler,
Tant que par là mes maux pourront se redoubler.
Il faut qu'un autre Hymen me mette en assurance.
N'y portez, s'il se peut, que de l'indifférence,
Mais par de nouveaux feux dussiez-vous me trahir,
Je veux que vous aimiez, afin de m'obéir :
Je veux que ce grand choix soit mon dernier ouvrage,
Qu'il tienne lieu vers moi d'un éternel hommage,
Que mon ordre le règle, et qu'on me voie enfin
Reine de votre cœur, et de votre destin ;
Que Mandane, en dépit de l'espoir qu'on lui donne,

---

1. Mes illustres ancêtres connaîtront-ils une nouvelle vie (si j'ai des descendants) ? **2.** Ce thème de la vanité de la survie à travers les descendants revient comme un leitmotiv dans les trois dernières pièces de Corneille : *Tite et Bérénice* (V, 5, v. 1751-1753), *Pulchérie* (V, 3, v. 1529-1538) et *Suréna*. Notons qu'ici le thème est exprimé d'emblée, et non au terme de l'action.

Ne pouvant s'élever jusqu'à votre personne,
Soit réduite à descendre à ces malheureux Rois,
À qui, quand vous voudrez, vous donnerez des lois.
Et n'appréhendez point d'en regretter la perte ;
Il n'est Cour sous les Cieux qui ne vous soit ouverte,
Et partout votre gloire a fait de tels éclats,
Que les filles de Roi ne vous manqueront pas.

SURÉNA

Quand elles me rendraient maître de tout un Monde,
Absolu sur la Terre, et souverain sur l'Onde,
Mon cœur...

EURYDICE

N'achevez point, l'air [1] dont vous commencez
Pourrait à mon chagrin ne plaire pas assez,
Et d'un cœur qui veut être encor sous ma puissance
Je ne veux recevoir que de l'obéissance.

SURÉNA

À qui me donnez-vous ?

EURYDICE

Moi ? Que ne puis-je, Hélas !
Vous ôter à Mandane, et ne vous donner pas,
Et contre les soupçons de ce cœur qui vous aime [2],
Que ne m'est-il permis de m'assurer moi-même !
Mais adieu, je m'égare.

SURÉNA

Où dois-je recourir,
Ô Ciel, s'il faut toujours aimer, souffrir, mourir ?

Fin du premier Acte

---

1. La manière. 2. C'est-à-dire « de mon propre cœur ».

ACTE SECOND

Scène Première

PACORUS, SURÉNA

PACORUS

Suréna, votre zèle a trop servi mon père,
Pour m'en laisser attendre un devoir moins sincère,
Et si près d'un Hymen qui doit m'être assez doux,
Je mets ma confiance et mon espoir en vous.
Palmis avec raison de cet Hymen murmure,
Mais je puis réparer ce qu'il lui fait d'injure,
Et vous n'ignorez pas qu'à former ces grands nœuds
Mes pareils ne sont point tout à fait maîtres d'eux [1].
Quand vous voudrez tous deux attacher vos tendresses [2],
Il est des Rois pour elle, et pour vous des Princesses,
Et je puis hautement vous engager ma foi,
Que vous ne vous plaindrez du Prince, ni du Roi.

SURÉNA

Cessez de me traiter, Seigneur, en mercenaire,
Je n'ai jamais servi par espoir de salaire,
La gloire m'en suffit, et le prix que reçoit...

PACORUS

Je sais ce que je dois, quand on fait ce qu'on doit,

1. Vous savez que les princes ne sont pas tout à fait maîtres de choisir qui ils épousent. 2. Vous marier.

Et si de l'accepter ce grand cœur vous dispense[1],
Le mien se satisfait alors qu'il récompense.
  J'épouse une Princesse, en qui les doux accords
Des grâces de l'esprit avec celles du corps
Forment le plus brillant et plus noble assemblage,
Qui puisse orner une âme, et parer un visage.
Je n'en dis que ce mot, et vous savez assez
Quels en sont les attraits, vous qui la connaissez.
  Cette Princesse donc, si belle, si parfaite,
Je crains qu'elle n'ait pas ce que plus je souhaite[2],
Qu'elle manque d'amour, ou plutôt, que ses vœux
N'aillent pas tout à fait du côté que je veux.
Vous qui l'avez tant vue, et qu'un devoir fidèle
A tenu si longtemps près de son père et d'elle,
Ne me déguisez point ce que dans cette Cour
Sur de pareils soupçons vous auriez eu de jour[3].

SURÉNA

Je la voyais, Seigneur, mais pour gagner son père,
C'était tout mon emploi, c'était ma seule affaire,
Et je croyais par elle être sûr de son choix,
Mais Rome et son intrigue eurent le plus de voix.
Du reste, ne prenant intérêt à m'instruire
Que de ce qui pouvait vous servir, ou vous nuire,
Comme je me bornais à remplir ce devoir,
Je puis n'avoir pas vu ce qu'un autre eût pu voir.
Si j'eusse pressenti que, la guerre achevée,
À l'honneur de vos feux elle était réservée,
J'aurais pris d'autres soins, et plus examiné ;
Mais j'ai suivi mon ordre, et n'ai point deviné.

PACORUS

Quoi ! de ce que je crains vous n'auriez nulle idée,

---

1. Si votre grand cœur vous dispense d'accepter ce que je vous dois. 2. Ce que je souhaite au plus haut point. 3. Ne me cachez pas ce que vous auriez pu apprendre à propos des soupçons que j'exprime.

Par aucune Ambassade on ne l'a demandée[1] ?
Aucun Prince auprès d'elle, aucun digne Sujet
Par ses attachements n'a marqué de projet[2] ?
Car il vient quelquefois du milieu des Provinces
Des Sujets en nos Cours qui valent bien des Princes,
Et par l'objet présent[3] les sentiments émus
N'attendent pas toujours des Rois qu'on n'a point vus.

SURÉNA

Durant tout mon séjour rien n'y blessait ma vue,
Je n'y rencontrais point de visite assidue,
Point de devoirs suspects, ni d'entretiens si doux,
Que, si j'avais aimé, j'en dusse être jaloux[4].
Mais qui vous peut donner cette importune crainte,
Seigneur ?

PACORUS

Plus je la vois, plus j'y vois de contrainte[5].
Elle semble, aussitôt que j'ose en approcher,
Avoir je ne sais quoi qu'elle me veut cacher.
Non qu'elle ait jusqu'ici demandé de remise[6] :
Mais ce n'est pas m'aimer, ce n'est qu'être soumise,
Et tout le bon accueil que j'en puis recevoir,
Tout ce que j'en obtiens, ne part que du devoir.

SURÉNA

N'en appréhendez rien. Encor toute étonnée,
Toute tremblante encore au seul nom d'Hyménée,
Pleine de son pays, pleine de ses parents,
Il lui passe en l'esprit cent chagrins différents.

---

1. Demandée en mariage. **2.** Nul prince, nul digne sujet n'a-t-il montré le désir de l'épouser ? **3.** Par la présence de celui qu'on aime. **4.** Type même du discours à double entente ou discours ironique (voir aussi les v. 385-392), constamment pratiqué au XVIIe siècle lorsque le locuteur est (physiquement ou moralement) masqué : si Suréna pèche par omission (il dissimule qu'il est l'amant d'Eurydice), il ne ment pas puisque effectivement nul autre que lui-même ne rendait de visite assidue à la princesse ; personne n'était donc en mesure d'éveiller sa propre jalousie. **5.** Plus je vois qu'elle se force. **6.** Demandé que le mariage soit différé.

PACORUS

Mais il semble à la voir que son chagrin s'applique
À braver par dépit l'allégresse publique.
Inquiète, rêveuse, insensible aux douceurs
Que par un plein succès l'amour verse en nos cœurs...

SURÉNA

Tout cessera, Seigneur, dès que sa foi reçue
Aura mis en vos mains la main qui vous est due,
Vous verrez ces chagrins détruits en moins d'un jour,
Et toute sa vertu devenir toute[1] amour.

PACORUS

C'est beaucoup hasarder que de prendre assurance
Sur une si légère et douteuse espérance.
Et qu'aura cet amour d'heureux, de singulier,
Qu'à son trop de vertu je devrai tout entier ?
Qu'aura-t-il de charmant, cet amour, s'il ne donne
Que ce qu'un triste Hymen ne refuse à personne,
Esclave dédaigneux d'une odieuse loi,
Qui n'est pour toute chaîne attaché qu'à sa foi ?
  Pour faire aimer ses lois, l'Hymen ne doit en faire
Qu'afin d'autoriser la pudeur à se taire,
Il faut, pour rendre heureux, qu'il donne sans gêner,
Et prête un doux prétexte à qui veut tout donner.
Que sera-ce, grands Dieux ! si toute ma tendresse
Rencontre un souvenir plus cher à ma Princesse,
Si le cœur pris ailleurs ne s'en arrache pas[2],
Si pour un autre objet il soupire en mes bras ?
Il faut, il faut enfin m'éclaircir avec elle.

---

1. Le féminin s'impose ici, quelle que soit la manière dont on interprète la formule : ou bien *toute* est attribut et s'accorde avec *vertu*, ou bien il est épithète et s'accorde avec *amour* qui, au XVIIe siècle, peut être féminin, même au singulier. 2. Si le cœur, qui aime quelqu'un d'autre, ne se détache pas de lui.

SURÉNA

Seigneur, je l'aperçois, l'occasion est belle,
Mais si vous en tirez quelque éclaircissement
Qui donne à votre crainte un juste fondement,
Que ferez-vous ?

PACORUS

J'en doute, et pour ne vous rien feindre,
Je crois m'aimer[1] assez, pour ne la pas contraindre ;
Mais tel chagrin aussi pourrait me survenir,
Que je l'épouserais afin de la punir.
Un Amant dédaigné souvent croit beaucoup faire,
Quand il rompt le bonheur de ce qu'on lui préfère.
Mais elle approche. Allez, laissez-moi seul agir,
J'aurais peur devant vous d'avoir trop à rougir.

Scène 2

PACORUS, EURYDICE

PACORUS

Quoi, Madame, venir vous-même à ma rencontre !
Cet excès de bonté que votre cœur me montre...

EURYDICE

J'allais chercher Palmis, que j'aime à consoler[2]
Sur un malheur qui presse, et ne peut reculer.

PACORUS

Laissez-moi vous parler d'affaires plus pressées,
Et songez qu'il est temps de m'ouvrir vos pensées ;
Vous vous abuseriez à les plus retenir[3].

---

1. Me respecter. **2.** Cette entrée en scène rappelle fortement (même forme d'accueil, même type de réponse) celle d'Andromaque (Racine, *Andromaque*, I, 4, v. 258-260). **3.** À les retenir plus longtemps.

Je vous aime, et demain l'Hymen doit nous unir,
M'aimez-vous ?

EURYDICE

Oui, Seigneur, et ma main vous est sûre.

PACORUS

C'est peu que de la main, si le cœur en murmure[1].

EURYDICE

Quel mal pourrait causer le murmure du mien,
S'il murmurait si bas qu'aucun n'en apprît rien ?

PACORUS

Ah, Madame, il me faut un aveu plus sincère.

EURYDICE

Épousez-moi, Seigneur, et laissez-moi me taire,
Un pareil doute offense, et cette liberté
S'attire quelquefois trop de sincérité.

PACORUS

C'est ce que je demande, et qu'un mot sans contrainte
Justifie aujourd'hui mon espoir, ou ma crainte.
Ah, si vous connaissiez ce que pour vous je sens !

EURYDICE

Je ferais ce que font les cœurs obéissants,
Ce que veut mon devoir, ce qu'attend votre flamme,
Ce que je fais enfin.

PACORUS

Vous feriez plus, Madame,
Vous me feriez justice, et prendriez plaisir
À montrer que nos cœurs ne forment qu'un désir.
Vous me diriez sans cesse, *oui, Prince, je vous aime,*

1. Proteste.

Mais d'une passion, comme la vôtre extrême,
Je sens le même feu, je fais les mêmes vœux,
Ce que vous souhaitez est tout ce que je veux,
Et cette illustre ardeur ne sera point contente,
Qu'un glorieux Hymen n'ait rempli notre attente.

EURYDICE

Pour vous tenir, Seigneur, un langage si doux,
Il faudrait qu'en amour j'en susse autant que vous.

PACORUS

Le véritable amour, dès que le cœur soupire,
Instruit en un moment de tout ce qu'on doit dire,
Ce langage à ses feux n'est jamais importun,
Et si vous l'ignorez, vous n'en sentez aucun.

EURYDICE

Suppléez-y, Seigneur, et dites-vous vous-même
Tout ce que sent un cœur dès le moment qu'il aime,
Faites-vous-en pour moi le charmant entretien,
J'avouerai tout[1], pourvu que je n'en dise rien.

PACORUS

Ce langage est bien clair, et je l'entends sans peine.
Au défaut de l'amour auriez-vous de la haine ?
Je ne veux pas le croire, et des yeux si charmants...

EURYDICE

Seigneur, sachez pour vous quels sont mes sentiments.
Si l'amitié vous plaît, si vous aimez l'estime,
À vous les refuser je croirais faire un crime[2] :
Pour le cœur, si je puis vous le dire entre nous,
Je ne m'aperçois point qu'il soit encore[3] à vous.

---

1. Je reconnaîtrai tout, j'approuverai tout. **2.** Je croirais faire un crime de vous refuser amitié et estime. **3.** À cette heure, déjà (sens rare au XVIIe siècle).

PACORUS

Ainsi donc ce Traité qu'ont fait les deux Couronnes...

EURYDICE

S'il a pu l'une à l'autre engager nos personnes,
Au seul don de la main son droit est limité,
Et mon cœur avec vous n'a point fait de Traité.
C'est sans vous le devoir que je fais mon possible
À le rendre pour vous plus tendre et plus sensible,
Je ne sais si le temps l'y pourra disposer,
Mais qu'il le puisse, ou non, vous pouvez m'épouser.

PACORUS

Je le puis, je le dois, je le veux, mais, Madame,
Dans ces tristes froideurs dont vous payez ma flamme,
Quelque autre amour plus fort...

EURYDICE

Qu'osez-vous demander,
Prince ?

PACORUS

De mon bonheur ce qui doit décider.

EURYDICE

Est-ce un aveu qui puisse échapper à ma bouche ?

PACORUS

Il est tout échappé, puisque ce mot vous touche.
Si vous n'aviez du cœur fait ailleurs l'heureux don,
Vous auriez moins de gêne à me dire que non,
Et pour me garantir de ce que j'appréhende,
La réponse avec joie eût suivi la demande [1].
Madame, ce qu'on fait sans honte et sans remords
Ne coûte rien à dire, il n'y faut point d'efforts,
Et sans que la rougeur au visage nous monte...

1. Et pour m'assurer que ce que je crains (que vous aimiez quelqu'un d'autre) est faux, vous auriez répondu sur le champ à ma question.

EURYDICE

Ah, ce n'est point pour moi que je rougis de honte.
Si j'ai pu faire un choix, je l'ai fait assez beau
Pour m'en faire un honneur jusque dans le tombeau,
Et quand je l'avouerai, vous aurez lieu de croire
Que tout mon avenir en aimera la gloire.
Je rougis, mais pour vous, qui m'osez demander
Ce qu'on doit avoir peine à se persuader,
Et je ne comprends point avec quelle prudence [1]
Vous voulez qu'avec vous j'en fasse confidence,
Vous, qui près d'un Hymen accepté par devoir,
Devriez sur ce point craindre de trop savoir.

PACORUS

Mais il est fait, ce choix qu'on s'obstine à me taire,
Et qu'on cherche à me dire avec tant de mystère ?

EURYDICE

Je ne vous le dis point, mais si vous m'y forcez,
Il vous en coûtera plus que vous ne pensez.

PACORUS

Eh bien, Madame, eh bien, sachons, quoi qu'il en coûte,
Quel est ce grand rival qu'il faut que je redoute.
Dites, est-ce un Héros ? est-ce un Prince ? est-ce un Roi ?

EURYDICE

C'est ce que j'ai connu de plus digne de moi.

PACORUS

Si le mérite est grand, l'estime est un peu forte.

EURYDICE

Vous la pardonnerez à l'amour qui s'emporte,
Comme vous le forcez à se trop expliquer,
S'il manque de respect, vous l'en faites manquer,

1. Sagesse.

Il est si naturel d'estimer ce qu'on aime,
Qu'on voudrait que partout on l'estimât de même,
Et la pente est si douce à vanter ce qu'il vaut,
Que jamais on ne craint de l'élever trop haut.

PACORUS

C'est en dire beaucoup.

EURYDICE

Apprenez davantage,
Et sachez que l'effort[1], où mon devoir m'engage
Ne peut plus me réduire à vous donner demain
Ce qui vous était sûr, je veux dire, ma main.
Ne vous la promettez, qu'après que dans mon âme
Votre mérite aura dissipé cette flamme,
Et que mon cœur charmé par des attraits plus doux
Se sera répondu de n'aimer rien que vous.
Et ne me dites point que pour cet Hyménée
C'est par mon propre aveu qu'on a pris la journée[2],
J'en sais la conséquence, et diffère à regret :
Mais puisque vous m'avez arraché mon secret,
Il n'est ni Roi, ni père, il n'est prière, empire,
Qu'au péril de cent morts, mon cœur n'ose en dédire[3].
C'est ce qu'il n'est plus temps de vous dissimuler,
Seigneur, et c'est le prix de m'avoir fait parler[4].

PACORUS

À ces bontés, Madame, ajoutez une grâce,
Et du moins attendant que cette ardeur se passe,
Apprenez-moi le nom de cet heureux Amant
Qui sur tant de vertu règne si puissamment,
Par quelles qualités il a pu la surprendre.

---

1. La violence. **2.** Ne me dites point que c'est par mon ordre qu'on a choisi le jour du mariage. Autrement dit, elle n'a pas été consultée. **3.** N'ose contredire sur ce point. **4.** Comparer à *Mithridate*, acte IV, scène 4. Monime, par devoir, était prête à épouser Mithridate. Mais celui-ci, par une ruse insidieuse (il feint de vouloir la donner à son fils Xipharès, qu'elle aime), la contraint à un aveu qui la déshonore. Blessée dans sa dignité, Monime refuse un mariage qu'auparavant elle acceptait.

EURYDICE

Ne me pressez point tant, Seigneur, de vous l'apprendre.
Si je vous l'avais dit...

PACORUS

Achevons.

EURYDICE

Dès demain
Rien ne m'empêcherait de lui donner la main.

PACORUS

Il est donc en ces lieux, Madame ?

EURYDICE

Il y peut être,
Seigneur, si déguisé qu'on ne le peut connaître.
Peut-être en Domestique est-il auprès de moi,
Peut-être s'est-il mis de la maison du Roi,
Peut-être chez vous-même il s'est réduit à feindre ;
Craignez-le dans tous ceux que vous ne daignez craindre,
Dans tous les inconnus que vous aurez à voir [1],
Et plus que tout encor, craignez de trop savoir.
J'en dis trop, il est temps que ce discours finisse,
À Palmis que je vois rendez plus de justice,
Et puissent de nouveau ses attraits vous charmer,
Jusqu'à ce que le temps m'apprenne à vous aimer.

---

1. Cette évocation d'un mystérieux amant, présent mais déguisé, ne constitue pas une échappée romanesque formulée par une princesse romanesque : le théâtre du XVIIe siècle fourmille de héros amoureux déguisés pour approcher les princesses qu'ils aiment et dont l'accès leur est interdit. Corneille, qui s'est toujours interdit ce type de situation, ironise ici : l'amant inconnu qu'il fait évoquer par son héroïne est précisément le plus « visible » de toutes les personnes de la cour.

Scène 3

PACORUS, PALMIS

PACORUS

Madame, au nom des Dieux ne venez pas vous
[plaindre,
On me donne sans vous assez de gens à craindre,
Et je serais bientôt accablé de leurs coups,
N'était que pour asile on me renvoie à vous[1].
J'obéis, j'y reviens, Madame, et cette joie...

PALMIS

Que n'y revenez-vous sans qu'on vous y renvoie ?
Votre amour ne fait rien, ni pour moi, ni pour lui,
Si vous n'y revenez que par l'ordre d'autrui.

PACORUS

N'est-ce rien que pour vous à cet ordre il[2] défère ?

PALMIS

Non, ce n'est qu'un dépit qu'il cherche à satisfaire.

PACORUS

Depuis quand le retour d'un cœur comme le mien
Fait-il si peu d'honneur, qu'on ne le compte à rien[3] ?

PALMIS

Depuis qu'il est honteux d'aimer un infidèle,
Que ce qu'un mépris chasse un coup d'œil le rappelle,
Et que les inconstants ne donnent point de cœurs,

1. Si l'on ne me renvoyait pas à vous pour que j'y trouve asile. 2. « Il » renvoie à « mon amour ». 3. Qu'on ne le compte pour rien, qu'on n'en fait aucun cas.

Sans être encor tous [1] prêts de les porter ailleurs.

PACORUS

Je le suis, je l'avoue, et mérite la honte
Que d'un retour suspect vous fassiez peu de compte ;
Montrez-vous généreuse, et si mon changement
A changé votre amour en vif ressentiment,
Immolez un courroux si grand, si légitime,
À la juste pitié d'un si malheureux crime [2].
J'en suis assez puni sans que l'indignité...

PALMIS

Seigneur, le crime est grand, mais j'ai de la bonté,
Je sais ce qu'à l'État ceux de votre naissance,
Tous [3] maîtres qu'ils en sont, doivent d'obéissance ;
Son intérêt chez eux l'emporte sur le leur,
Et du moment qu'il parle, il fait taire le cœur.

PACORUS

Non, Madame, souffrez que je vous désabuse,
Je ne mérite point l'honneur de cette excuse,
Ma légèreté seule a fait ce nouveau choix,
Nulles raisons d'État ne m'en ont fait de lois,
Et pour traiter la paix avec tant d'avantage
On ne m'a point forcé de m'en faire le gage ;
J'ai pris plaisir à l'être, et plus mon crime est noir,
Plus l'oubli que j'en veux me fera vous devoir [4].
Tout mon cœur...

PALMIS

Entre Amants qu'un changement [5] sépare

---

1. Dans ce type de construction, *tout* était toujours considéré comme un adjectif et s'accordait : l'usage actuel (adverbial) ne s'imposera qu'à partir de la fin du XVIIe siècle. 2. Il s'agit du crime d'inconstance. 3. Voir note 1. 4. Plus mon crime est noir, plus je vous serai reconnaissant de l'oublier. 5. Inconstance (en ce sens le XVIIe siècle préférait le mot « change »).

Le crime est oublié sitôt qu'on le répare,
Et bien qu'il vous ait plu, Seigneur, de me trahir,
Je le dis malgré moi, je ne vous puis haïr.

PACORUS

Faites-moi grâce entière, et songez à me rendre
Ce qu'un amour si pur, ce qu'une ardeur si tendre...

PALMIS

Donnez-moi donc, Seigneur, vous-même quelque jour
Quelque infaillible voie à fixer votre amour,
Et s'il est un moyen...

PACORUS

S'il en est, oui, Madame,
Il en est de fixer tous les vœux de mon âme,
Et ce joug qu'à tous deux l'Amour rendit si doux,
Si je ne m'y rattache, il ne tiendra qu'à vous.
Il est pour m'arrêter sous un si digne Empire
Un office à me rendre, un secret à me dire.
La Princesse aime ailleurs, je n'en puis plus douter,
Et doute quel rival s'en fait mieux écouter[1].
Vous êtes avec elle en trop d'intelligence,
Pour n'en avoir pas eu toute la confidence ;
Tirez-moi de ce doute, et recevez ma foi
Qu'autre que vous jamais ne régnera sur moi[2].

PALMIS

Quel gage en est-ce (hélas) qu'une foi si peu sûre ?
Le Ciel la rendra-t-il moins sujette au parjure,
Et ces liens si doux que vous avez brisés
À briser de nouveau seront-ils moins aisés ?
Si vous voulez, Seigneur, rappeler mes tendresses,
Il me faut des effets, et non pas des promesses,

---

1. Et j'ignore quel rival se fait mieux écouter d'elle que moi. 2. Pacorus promet à Palmis de l'aimer à jamais si elle lui confie qui aime Eurydice.

Et cette foi n'a rien qui me puisse ébranler,
Quand la main[1] seule a droit de me faire parler.

PACORUS

La main seule en a droit ! Quand cent troubles [m'agitent,
Que la haine, l'amour, l'honneur me sollicitent,
Qu'à l'ardeur de punir je m'abandonne en vain,
Hélas ! suis-je en état de vous donner la main ?

PALMIS

Et moi, sans cette main, Seigneur, suis-je maîtresse
De ce que m'a daigné confier la Princesse,
Du secret de son cœur ? Pour le tirer de moi,
Il me faut vous devoir plus que je ne lui dois,
Être une autre vous-même, et le seul Hyménée
Peut rompre le silence où je suis enchaînée.

PACORUS

Ah, vous ne m'aimez plus.

PALMIS

Je voudrais le pouvoir,
Mais pour ne plus aimer, que sert de le vouloir ?
J'ai pour vous trop d'amour, et je le sens renaître,
Et plus tendre, et plus fort qu'il n'a dû[2] jamais être,
Mais si...

PACORUS

Ne m'aimez plus, ou nommez ce rival.

PALMIS

Me préserve le Ciel de vous aimer si mal.
Ce serait vous livrer à des guerres nouvelles,
Allumer entre vous des haines immortelles...

---

1. C'est-à-dire le don de la main (voir le v. 652), le mariage. 2. Qu'il n'aurait dû (le verbe *devoir* au passé a le plus souvent une valeur modale au XVIIe siècle).

PACORUS

Que m'importe, et qu'aurai-je à redouter de lui,
Tant que je me verrai Suréna pour appui ?
Quel qu'il soit, ce rival, il sera seul à plaindre,
Le Vainqueur des Romains n'a point de Rois à craindre.

PALMIS

Je le sais, mais, Seigneur, qui vous peut engager
Aux soins de le punir, et de vous en venger ?
Quand son grand cœur charmé d'une belle Princesse,
En a su mériter l'estime et la tendresse,
Quel Dieu, quel bon Génie a dû[1] lui révéler
Que le vôtre pour elle aimerait à brûler ?
À quels traits ce rival a-t-il[2] dû le connaître,
Respecter de si loin des feux encore à naître,
Voir pour vous d'autres fers que ceux où vous viviez,
Et lire en vos destins plus que vous n'en saviez ?
S'il a vu la conquête à ses vœux exposée,
S'il a trouvé du cœur la sympathie aisée,
S'être emparé d'un bien où vous n'aspiriez pas,
Est-ce avoir fait des vols, et des assassinats ?

PACORUS

Je le vois bien, Madame, et vous, et ce cher frère,
Abondez en raisons pour cacher le mystère.
Je parle, promets, prie, et je n'avance rien :
Aussi votre intérêt est préférable au mien,
Rien n'est plus juste, mais...

PALMIS

Seigneur...

PACORUS

Adieu, Madame,
Je vous fais trop jouir des troubles de mon âme,

---

1. Aurait dû. 2. Aurait-il dû.

Le Ciel se lassera de m'être rigoureux.

PALMIS

Seigneur, quand vous voudrez, il fera quatre heureux[1].

Fin du second Acte

1. Le deuxième acte se termine ainsi sur l'évocation d'un bonheur pastoral qui briserait la chaîne amoureuse en permettant un double mariage. Pur rêve, et seule échappée amoureuse de Palmis qui oublie un instant les obstacles insurmontables que constituent le traité entre les Parthes et les Arméniens et l'inégalité de rang entre Eurydice et Suréna.

ACTE TROISIÈME

Scène Première

ORODE, SILLACE

SILLACE

Je l'ai vu par votre ordre, et voulu par avance
Pénétrer le secret de son indifférence.
Il m'a paru, Seigneur, si froid, si retenu...
Mais vous en jugerez quand il sera venu.
Cependant je dirai que cette retenue
Sent une âme de trouble et d'ennuis prévenue [1],
Que ce calme paraît assez prémédité,
Pour ne répondre pas de sa tranquillité [2],
Que cette indifférence a de l'inquiétude,
Et que cette froideur marque un peu trop d'étude [3].

ORODE

Qu'un tel calme, Sillace, a droit d'inquiéter
Un Roi qui lui doit tant qu'il ne peut s'acquitter !
Un service au-dessus de toute récompense
À force d'obliger tient presque lieu d'offense,
Il reproche en secret tout ce qu'il a d'éclat,
Il livre tout un cœur au dépit d'être ingrat,
Le plus zélé déplaît, le plus utile gêne,
Et l'excès de son poids fait pencher vers la haine.
Suréna de l'exil lui seul m'a rappelé,

---

1. Sa retenue révèle une âme déjà gagnée par le trouble et les soucis.
2. Son calme paraît trop prémédité pour garantir de sa part une véritable tranquillité d'esprit. 3. Cette froideur paraît un peu trop étudiée.

Il m'a rendu lui seul ce qu'on m'avait volé,
Mon sceptre ; de Crassus il vient de me défaire ;
Pour faire autant pour lui quel don puis-je lui faire ?
Lui partager mon trône ? il serait tout à lui,
S'il n'avait mieux aimé n'en être que l'appui.
Quand j'en pleurais la perte, il forçait des murailles,
Quand j'invoquais mes Dieux, il gagnait des batailles,
J'en frémis, j'en rougis, je m'en indigne, et crains
Qu'il n'ose quelque jour s'en payer par ses mains,
Et dans tout ce qu'il a de nom et de fortune[1],
Sa fortune me pèse, et son nom m'importune.
Qu'un Monarque est heureux, quand parmi ses Sujets,
Ses yeux n'ont point à voir de plus nobles objets,
Qu'au-dessus de sa gloire il n'y connaît personne,
Et qu'il est le plus digne enfin de sa couronne.

SILLACE

Seigneur, pour vous tirer de ces perplexités,
La saine Politique a deux extrémités.
Quoi qu'ait fait Suréna, quoi qu'il en faille attendre,
Ou faites-le périr, ou faites-en un gendre.
Puissant par sa fortune, et plus par son emploi,
S'il devient par l'Hymen l'appui d'un autre Roi,
Si dans les différends[2] que le Ciel vous peut faire
Une femme l'entraîne au parti de son père,
Que vous servira lors, Seigneur, d'en murmurer ?
Il faut, il faut le perdre, ou vous en assurer,
Il n'est point de milieu...

ORODE

Ma pensée est la vôtre,
Mais s'il ne veut pas l'un, pourrai-je vouloir l'autre ?
Pour prix de ses hauts faits, et de m'avoir fait Roi,
Son trépas... ce mot seul me fait pâlir d'effroi,
Ne m'en parlez jamais, que tout l'État périsse,
Avant que jusque-là ma vertu se ternisse,

1. *Fortune* au sens de destin éclatant. 2. Querelles, contestations, litiges (avec un autre royaume).

Avant que je défère[1] à ces raisons d'État,
Qui nommeraient justice un si lâche attentat !

SILLACE

Mais pourquoi lui donner les Romains en partage,
Quand sa gloire, Seigneur, vous donnait tant
[d'ombrage ?
Pourquoi contre Artabase attacher vos emplois[2],
Et lui laisser matière à de plus grands exploits ?

ORODE

L'événement, Sillace, a trompé mon attente.
Je voyais des Romains la valeur éclatante,
Et croyant leur défaite impossible sans moi,
Pour me la préparer, je fondis sur ce Roi.
Je crus qu'il ne pourrait à la fois se défendre
Des fureurs de la guerre, et de l'offre d'un gendre,
Et que par tant d'horreurs son peuple épouvanté
Lui ferait mieux goûter la douceur d'un Traité,
Tandis que Suréna, mis aux Romains en butte[3],
Les tiendrait en balance, ou craindrait pour sa chute,
Et me réserverait la gloire d'achever,
Ou de le voir tombant, et de le relever.
Je réussis à l'un, et conclus l'alliance,
Mais Suréna vainqueur prévint mon espérance[4].
À peine d'Artabase eus-je signé la paix,
Que j'appris Crassus mort, et les Romains défaits.
Ainsi d'une si haute et si prompte victoire,
J'emporte tout le fruit, et lui toute la gloire,
Et beaucoup plus heureux que je n'aurais voulu,
Je me fais un malheur d'être trop absolu[5].
Je tiens toute l'Asie, et l'Europe en alarmes,
Sans que rien s'en impute à l'effort de mes armes,

---

1. Avant que je me soumette. 2. Sillace demande pourquoi le roi a envoyé Suréna combattre la puissante armée romaine, quand lui-même prenait pour adversaire (« attachait ses emplois ») le « petit » roi d'Arménie Artabase. 3. Opposé aux Romains, envoyé tenir tête aux Romains. 4. Devança mon attente. 5. Délivré des lois d'auteur, seul maître.

Et quand tous mes voisins tremblent pour leurs États,
Je ne les fais trembler que par un autre bras.
J'en tremble enfin moi-même, et pour remède unique
Je n'y vois qu'une basse et dure Politique,
Si Mandane, l'objet des vœux de tant de Rois,
Se doit voir d'un Sujet le rebut, ou le choix.

SILLACE

Le rebut ! Vous craignez, Seigneur, qu'il la refuse !

ORODE

Et ne se peut-il pas qu'un autre amour l'amuse [1],
Et que rempli qu'il est d'une juste fierté,
Il n'écoute son cœur plus que ma volonté ?
Le voici, laissez-nous.

Scène 2

ORODE, SURÉNA

ORODE

Suréna, vos services
(Qui l'aurait osé croire !) ont pour moi des supplices,
J'en ai honte, et ne puis assez me consoler,
De ne voir aucun don qui les puisse égaler.
Suppléez au défaut d'une reconnaissance,
Dont vos propres exploits m'ont mis en impuissance,
Et s'il en est un prix dont vous fassiez état,
Donnez-moi les moyens d'être un peu moins ingrat.

SURÉNA

Quand je vous ai servi, j'ai reçu mon salaire,
Seigneur, et n'ai rien fait qu'un Sujet n'ait dû faire,
La gloire m'en demeure, et c'est l'unique prix
Que s'en est proposé le soin que j'en ai pris.

---

1. Le divertisse.

Si pourtant il vous plaît, Seigneur, que j'en demande
De plus dignes d'un Roi, dont l'âme est toute grande [1] ;
La plus haute vertu peut faire de faux pas [2] :
Si la mienne en fait un, daignez ne le voir pas,
Gardez-moi des bontés toujours prêtes d'éteindre
Le plus juste courroux que j'aurais lieu d'en craindre.
Et si...

ORODE

Ma gratitude oserait se borner
Au pardon d'un malheur qu'on ne peut deviner [3],
Qui n'arrivera point, et j'attendrais un crime,
Pour vous montrer le fond de toute mon estime ?
Le Ciel m'est plus propice, et m'en ouvre un moyen,
Par l'heureuse union de votre sang au mien.
D'avoir tant fait pour moi ce sera le salaire.

SURÉNA

J'en ai flatté longtemps un espoir téméraire,
Mais puisqu'enfin le Prince...

ORODE

Il aima votre sœur,
Et le bien de l'État lui dérobe son cœur,
La paix de l'Arménie à ce prix est jurée,
Mais l'injure aisément peut être réparée,
J'y sais des Rois tous prêts, et pour vous, dès demain
Mandane que j'attends vous donnera la main.
C'est tout ce qu'en la mienne ont mis des Destinées,

---

1. Au XVIIe siècle, la ponctuation était rythmique avant d'être syntaxique : ici le point-virgule et les deux-points au vers suivant invitent simplement à marquer une pause orale plus longue que s'il s'agissait d'une virgule ; c'est la même phrase qui se poursuit jusqu'au v. 798. **2.** Le partitif « de » au lieu de l'article *des* était une construction courante au XVIIe siècle, notamment lorsque, comme ici, le groupe adjectif-nom constitue une seule expression (voir la *Syntaxe* de Haase-Obert, pp. 309-310). **3.** Prévoir.

Qu'à force de hauts faits la vôtre a couronnées[1].

SURÉNA

À cet excès d'honneur rien ne peut s'égaler,
Mais si vous me laissiez liberté d'en parler,
Je vous dirais, Seigneur, que l'amour paternelle
Doit à cette Princesse un trône digne d'elle,
Que l'inégalité de mon destin au sien
Ravalerait son sang sans élever le mien,
Qu'une telle union, quelque haut qu'on la mette,
Me laisse encor Sujet, et la rendrait Sujette,
Et que de son Hymen, malgré tous mes hauts faits,
Au lieu de Rois à naître il naîtrait des Sujets.
De quel œil voulez-vous, Seigneur, qu'elle me donne
Une main refusée à plus d'une Couronne,
Et qu'un si digne objet des vœux de tant de Rois
Descende par votre ordre à cet indigne choix ?
Que de mépris pour moi ! que de honte pour elle !
Non, Seigneur, croyez-en un serviteur fidèle,
Si votre sang du mien veut augmenter l'honneur
Il y faut l'union du Prince avec ma sœur.
Ne le mêlez, Seigneur, au sang de vos Ancêtres
Qu'afin que vos Sujets en reçoivent des maîtres :
Vos Parthes dans la gloire ont trop longtemps vécu
Pour attendre des Rois du sang de leur vaincu[2] ;
Si vous ne le savez, tout le Camp[3] en murmure,
Ce n'est qu'avec dépit que le Peuple l'endure,
Quelles lois eût pu faire Artabase vainqueur
Plus rudes, disent-ils, même à des gens sans cœur ?
Je les fais taire, mais, Seigneur, à le bien prendre,
C'était moins l'attaquer que lui mener un gendre,

---

1. La main de ma fille Mandane est tout ce que mes destins ont laissé dans la mienne (dans ma main), puisqu'ils ont été couronnés par la vôtre (par votre main) grâce à ses exploits. **2.** Il serait déshonorant pour les Parthes habitués à la gloire que leur prince épouse la fille d'un vaincu : Eurydice est en effet fille du roi d'Arménie, qui vient de perdre la guerre contre les Parthes. **3.** L'armée.

Et si vous en aviez consulté leurs souhaits,
Vous auriez préféré la guerre à cette Paix.

ORODE

Est-ce dans le dessein de vous mettre à leur tête
Que vous me demandez ma grâce toute prête [1] ;
Et de leurs vains souhaits vous font-ils le porteur,
Pour faire Palmis Reine avec plus de hauteur ?
Il n'est rien d'impossible à la valeur d'un homme
Qui rétablit son maître et triomphe de Rome ;
Mais sous le Ciel tout change, et les plus valeureux
N'ont jamais sûreté d'être toujours heureux.
J'ai donné ma parole, elle est inviolable,
Le Prince aime Eurydice autant qu'elle est aimable
Et s'il faut dire tout, je lui dois cet appui
Contre ce que Phradate [2] osera contre lui,
Car tout ce qu'attenta contre moi Mithradate [3],
Pacorus le doit craindre à son tour de Phradate.
Cet esprit turbulent, et jaloux du pouvoir,
Quoi que son frère...

SURÉNA

Il sait que je sais mon devoir,
Et n'a pas oublié que dompter des rebelles,
Détrôner un tyran...

ORODE

Ces actions sont belles,
Mais pour m'avoir remis en état de régner,
Rendent-elles pour vous ma fille à dédaigner ?

---

1. Avez-vous l'intention de vous mettre à la tête de l'armée qui proteste, pour me demander par avance de vous gracier ? (voir v. 796). **2.** Second fils d'Orode, qui l'associa au trône après la mort de Pacorus dans une bataille contre les Romains. Plutarque raconte qu'il étrangla lui-même son père pour lui succéder plus vite. Les historiens l'appellent *Phraate*, mais Corneille, soucieux d'euphonie, a pu trouver *Phradate* chez Quinte-Curce. **3.** Ce frère d'Orode s'appelait en fait Mithridate. Corneille a voulu éviter qu'on le confondît avec le fameux roi du Pont, Mithridate, héros d'une récente tragédie de Racine (1673).

SURÉNA

La dédaigner, Seigneur, quand mon zèle fidèle
N'ose me regarder que comme indigne d'elle !
Osez me dispenser de ce que je vous dois,
Et pour la mériter je cours me faire Roi.
S'il n'est rien d'impossible à la valeur d'un homme
Qui rétablit son maître et triomphe de Rome,
Sur quels Rois aisément ne pourrai-je emporter
En faveur de Mandane un sceptre à la doter ?
Prescrivez-moi, Seigneur, vous-même une conquête
Dont en prenant sa main je couronne sa tête
Et vous direz après si c'est la dédaigner
Que de vouloir me perdre, ou la faire régner.
Mais je suis né Sujet, et j'aime trop à l'être
Pour hasarder mes jours que pour servir mon maître [1],
Et consentir jamais qu'un homme tel que moi
Souille par son Hymen le pur sang de son Roi.

ORODE

Je n'examine point si ce respect déguise [2],
Mais parlons une fois avec pleine franchise.
Vous êtes mon Sujet, mais un Sujet si grand,
Que rien n'est malaisé quand son bras l'entreprend ;
Vous possédez sous moi deux provinces entières,
De Peuples si hardis, de Nations si fières [3],
Que sur tant de vassaux je n'ai d'autorité
Qu'autant que votre zèle a de fidélité.
Ils vous ont jusqu'ici suivi comme fidèle,
Et quand vous le voudrez ils vous suivront rebelle.
Vous avez tant de nom que tous les Rois voisins
Vous veulent comme Orode unir à leurs destins :
La Victoire chez vous passée en habitude
Met jusque dans ses murs Rome en inquiétude :

1. Utilisation très particulière du *que* exclusif. On comprendra : *pour hasarder mes jours* pour d'autres motifs *que pour* (celui de) *servir mon maître*.
2. Cache, dissimule quelque chose. 3. *De* est ici employé au sens partitif ; on comprendra donc : deux provinces composées de peuples si hardis, de nations si fières que...

Par gloire, ou pour braver au besoin mon courroux,
Vous traînez en tous lieux dix mille âmes à vous[1],
Le nombre est peu commun pour un train domestique,
Et s'il faut qu'avec vous tout à fait je m'explique,
Je ne vous saurais croire assez en mon pouvoir,
Si les nœuds de l'Hymen n'enchaînent le devoir.

SURÉNA

Par quel crime, Seigneur, ou par quelle imprudence
Ai-je pu mériter si peu de confiance ?
Si mon cœur, si mon bras pouvait être gagné,
Mithradate et Crassus n'auraient rien épargné,
Tous les deux...

ORODE

Laissons là Crassus et Mithradate,
Suréna, j'aime à voir que votre gloire éclate,
Tout ce que je vous dois j'aime à le publier[2],
Mais quand je m'en souviens vous devez l'oublier.
Si le Ciel par vos mains m'a rendu cet Empire,
Je sais vous épargner la peine de le dire,
Et s'il met votre zèle au-dessus du commun,
Je n'en suis point ingrat, craignez d'être importun.

SURÉNA

Je reviens à Palmis, Seigneur. De mes hommages
Si les lois du devoir sont de trop faibles gages,
En est-il de plus sûrs, ou de plus fortes lois,
Qu'avoir une sœur Reine, et des neveux pour Rois ?
Mettez mon sang au trône, et n'en cherchez point
[d'autres,
Pour unir à tel point mes intérêts aux vôtres,

---

1. « Quand il marchait par les champs avec son train seulement, il avait bien toujours mille chameaux à porter son bagage, et menait deux cents chariots de concubines, et d'hommes d'armes armés de toutes pièces mille, et d'autres armés à la légère encore davantage, de sorte qu'il faisait en tout de ses sujets et vassaux plus de dix mille chevaux » (Plutarque). 2. Faire savoir à tous.

Que tout cet Univers, que tout notre avenir
Ne trouve aucune voie à les en désunir.

ORODE

Mais, Suréna, le puis-je après la foi donnée ?
Au milieu des apprêts d'un si grand Hyménée ?
Et rendrai-je aux Romains qui voudront me braver
Un ami que la Paix vient de leur enlever ?
Si le Prince renonce au bonheur qu'il espère,
Que dira la Princesse, et que fera son père ?

SURÉNA

Pour son père, Seigneur, laissez-m'en le souci,
J'en réponds, et pourrais répondre d'elle aussi.
Malgré la triste Paix que vous avez jurée,
Avec le Prince même elle s'est déclarée,
Et si je puis vous dire avec quels sentiments
Elle attend à demain l'effet de vos serments,
Elle aime ailleurs.

ORODE

Et qui ?

SURÉNA

C'est ce qu'elle aime à taire,
Du reste, son amour n'en fait aucun mystère,
Et cherche à reculer les effets d'un Traité
Qui fait tant murmurer votre peuple irrité.

ORODE

Est-ce au Peuple, est-ce à vous, Suréna, de me dire,
Pour lui donner des Rois, quel sang je dois élire,
Et pour voir dans l'État tous mes ordres suivis,
Est-ce de mes Sujets que je dois prendre avis ?
Si le Prince à Palmis veut rendre sa tendresse,
Je consens qu'il dédaigne à son tour la Princesse,
Et nous verrons après quel remède apporter
À la division qui peut en résulter.

Pour vous, qui vous sentez indigne de ma fille,
Et craignez par respect d'entrer en ma famille,
Choisissez un parti qui soit digne de vous,
Et qui surtout n'ait rien à me rendre jaloux,
Mon âme avec chagrin sur ce point balancée
En veut, et dès demain, être débarrassée[1].

SURÉNA

Seigneur, je n'aime rien.

ORODE

Que vous aimiez, ou non,
Faites un choix vous-même, ou souffrez-en le don.

SURÉNA

Mais si j'aime en tel lieu qu'il m'en faille avoir honte,
Du secret de mon cœur puis-je vous rendre compte ?

ORODE

À demain, Suréna, s'il se peut, dès ce jour,
Résolvons cet Hymen avec, ou sans amour.
Cependant allez voir la Princesse Eurydice,
Sous les lois du devoir ramenez son caprice,
Et ne m'obligez point à faire à ses appas
Un compliment de Roi qui ne lui plairait pas.
Palmis vient par mon ordre, et je veux en apprendre
Dans vos prétentions[2] la part qu'elle aime à prendre.

---

1. Mon âme, inquiète sur la question de votre mariage, veut être débarrassée dès demain de cette inquiétude. 2. Dans ce à quoi vous prétendez.

Scène 3

ORODE, PALMIS

ORODE

Suréna m'a surpris, et je n'aurais pas dit
Qu'avec tant de valeur il eût eu tant d'esprit :
Mais moins on le prévoit, et plus cet esprit brille,
Il trouve des raisons à refuser ma fille,
Mais fortes, et qui même ont si bien succédé [1]
Que s'en disant indigne il m'a persuadé.
Savez-vous ce qu'il aime ? Il est hors d'apparence
Qu'il fasse un tel refus sans quelque préférence,
Sans quelque objet charmant, dont l'adorable choix
Ferme tout son grand cœur au pur sang de ses Rois.

PALMIS

J'ai cru qu'il n'aimait rien.

ORODE

Il me l'a dit lui-même,
Mais la Princesse avoue, et hautement, qu'elle aime :
Vous êtes son amie, et savez quel Amant
Dans un cœur qu'elle doit règne si puissamment.

PALMIS

Si la Princesse en moi prend quelque confiance,
Seigneur, m'est-il permis d'en faire confidence ?
Reçoit-on des secrets sans une forte loi...

ORODE

Je croyais qu'elle pût se rompre pour un Roi,
Et veux bien toutefois qu'elle soit si sévère,
Qu'en mon propre intérêt elle oblige à se taire ;
Mais vous pouvez du moins me répondre de vous.

1. Ont si bien réussi.

PALMIS

Ah, pour mes sentiments je vous les dirai tous.
J'aime ce que j'aimais, et n'ai point changé d'âme,
Je n'en fais point secret.

ORODE

L'aimer encor, Madame !
Ayez-en quelque honte, et parlez-en plus bas,
C'est faiblesse d'aimer qui ne vous aime pas.

PALMIS

Non, Seigneur, à son Prince attacher sa tendresse,
C'est une grandeur d'âme et non une foiblesse,
Et lui garder un cœur qu'il lui plut[1] mériter
N'a rien d'assez honteux pour ne s'en point vanter.
J'en ferai toujours gloire, et mon âme charmée
De l'heureux souvenir de m'être vue aimée
N'étouffera jamais l'éclat de ces beaux feux
Qu'alluma son mérite, et l'offre de ses vœux.

ORODE

Faites mieux, vengez-vous, il est des Rois, Madame,
Plus dignes qu'un ingrat d'une si belle flamme.

PALMIS

De ce que j'aime encor ce serait m'éloigner,
Et me faire un exil sous ombre de[2] régner.
Je veux toujours le voir, cet ingrat qui me tue,
Non pour le triste bien de jouir de sa vue ;
Cette fausse douceur est au-dessous de moi
Et ne vaudra jamais que je néglige un Roi.
Mais il est des plaisirs qu'une Amante trahie
Goûte au milieu des maux qui lui coûtent la vie.
Je verrai l'infidèle, inquiet, alarmé
D'un rival inconnu, mais ardemment aimé,

---

1. Employé impersonnellement, « plaire » pouvait, au XVIIe siècle, être suivi directement d'un verbe à l'infinitif. 2. Sous prétexte de.

Rencontrer à mes yeux sa peine dans son crime,
Par les mains de l'Hymen devenir ma victime,
Et ne me regarder dans ce chagrin profond
Que le remords en l'âme, et la rougeur au front.
De mes bontés pour lui l'impitoyable image
Qu'imprimera l'amour sur mon pâle visage,
Insultera son cœur, et dans nos entretiens
Mes pleurs et mes soupirs rappelleront les siens,
Mais qui ne serviront qu'à lui faire connaître
Qu'il pouvait être heureux et ne saurait plus l'être
Qu'à lui faire trop tard haïr son peu de foi,
Et pour tout dire ensemble, avoir regret à moi[1],
Voilà tout le bonheur où mon amour aspire,
Voilà contre un ingrat tout ce que je conspire,
Voilà tous les plaisirs que j'espère à le voir,
Et tous les sentiments que vous vouliez savoir.

ORODE

C'est bien traiter les Rois en personnes communes
Qu'attacher à leur rang ces gênes[2] importunes,
Comme si pour vous plaire et les inquiéter
Dans le trône avec eux l'amour pouvait monter.
Il nous faut un Hymen pour nous donner des Princes
Qui soient l'appui du sceptre, et l'espoir des Provinces,
C'est là qu'est notre force, et dans nos grands destins
Le manque de vengeurs enhardit les mutins.
Du reste, en ces grands nœuds l'État qui s'intéresse[3]
Ferme l'œil aux attraits et l'âme à la tendresse,
La seule Politique est ce qui nous émeut,
On la suit, et l'amour s'y mêle comme il peut :
S'il vient, on l'applaudit ; s'il manque, on s'en console,
C'est dont[4] vous pouvez croire un Roi sur sa parole,
Nous ne sommes point faits pour devenir jaloux,
Ni pour être en souci si le cœur est à nous.

---

1. Me regretter. **2.** Tourments, supplices. **3.** S'intéresser dans : être impliqué. **4.** C'est ce dont, c'est une question sur laquelle (dans cette tournure, *dont* est le plus souvent employé seul au XVIIe siècle, comme ici).

Ne vous repaissez plus de ces vaines chimères
Qui ne font les plaisirs que des âmes vulgaires,
Madame, et que le Prince ait, ou non, à souffrir,
Acceptez un des Rois que je puis vous offrir.

PALMIS

Pardonnez-moi, Seigneur, si mon âme alarmée
Ne veut point de ces Rois dont on n'est point aimée,
J'ai cru l'être du Prince, et l'ai trouvé si doux
Que le souvenir seul m'en plaît plus qu'un époux.

ORODE

N'en parlons plus, Madame, et dites à ce frère
Qui vous est aussi cher que vous me seriez chère,
Que parmi ses respects il n'a que trop marqué [1]...

PALMIS

Quoi, Seigneur ?

ORODE

Avec lui je crois m'être expliqué,
Qu'il y pense, Madame, Adieu.

PALMIS

Quel triste augure !
Et que ne me dit point cette menace obscure !
Sauvez ces deux Amants, ô Ciel, et détournez
Les soupçons que leurs feux peuvent avoir donnés.

Fin du troisième Acte

1. Il a manifesté un peu trop hautement...

ACTE QUATRIÈME

Scène Première

ORMÈNE, EURYDICE

ORMÈNE

Oui, votre intelligence à demi découverte
Met votre Suréna sur le bord de sa perte,
Je l'ai su de Sillace, et j'ai lieu de douter[1]
Qu'il n'ait, s'il faut tout dire, ordre de l'arrêter.

EURYDICE

On n'oserait, Ormène, on n'oserait.

ORMÈNE

Madame,
Croyez-en un peu moins votre fermeté d'âme,
Un Héros arrêté n'a que deux bras à lui[2],
Et souvent trop de gloire est un débile[3] appui.

EURYDICE

Je sais que le mérite est sujet à l'envie,
Que son chagrin s'attache à la plus belle vie,
Mais sur quelle apparence oses-tu présumer
Qu'on pourrait...

---

1. J'ai lieu de me demander s'il n'a pas... **2.** Une fois arrêté, même un héros ne dispose plus pour tout soutien que de ses deux bras. **3.** Faible.

ORMÈNE

Il vous aime, et s'en est fait aimer.

EURYDICE

Qui l'a dit...

ORMÈNE

Vous et lui, c'est son crime et le vôtre.
Il refuse Mandane, et n'en veut aucune autre,
On sait que vous aimez, on ignore l'Amant,
Madame, tout cela parle trop clairement.

EURYDICE

Ce sont de vains soupçons qu'avec moi tu hasardes.

Scène 2

EURYDICE, PALMIS, ORMÈNE

PALMIS

Madame, à chaque porte on a posé des Gardes,
Rien n'entre, rien ne sort qu'avec ordre du Roi.

EURYDICE

Qu'importe, et quel sujet en prenez-vous d'effroi ?

PALMIS

Ou quelque grand orage à nous troubler s'apprête,
Ou l'on en veut, Madame, à quelque grande tête.
Je tremble pour mon frère.

EURYDICE

À quel propos trembler ?
Un Roi qui lui doit tout voudrait-il l'accabler ?

PALMIS

Vous le figurez-vous à tel point insensible,
Que de son alliance un refus si visible...

EURYDICE

Un si rare service[1] a su le prévenir
Qu'il doit récompenser avant que de punir.

PALMIS

Il le doit, mais après une pareille offense,
Il est rare qu'on songe à la reconnaissance,
Et par un tel mépris le service effacé
Ne tient plus d'yeux ouverts sur ce qui s'est passé[2].

EURYDICE

Pour la sœur d'un Héros, c'est être bien timide.

PALMIS

L'Amante a-t-elle droit d'être plus intrépide ?

EURYDICE

L'Amante d'un Héros aime à lui ressembler,
Et voit ainsi que lui ses périls sans trembler.

PALMIS

Vous vous flattez, Madame, elle a de la tendresse,
Que leur idée étonne[3], et leur image blesse,
Et ce que dans sa perte elle prend d'intérêt,
Ne saurait sans désordre en attendre l'Arrêt.
Cette mâle vigueur de constance héroïque,
N'est point une vertu dont le sexe[4] se pique,
Ou s'il peut jusque-là porter sa fermeté,
Ce qu'il appelle amour n'est qu'une dureté.

---

1. La manière exceptionnelle dont Suréna a servi Orode. **2.** Le mépris que Suréna a fait de Mandane a effacé aux yeux du roi les services rendus auparavant. **3.** L'idée des périls que court un héros inquiète, effraie (« étonne ») la tendresse de son amante. **4.** Employé absolument, *le sexe* signifie toujours le sexe féminin, les femmes.

Si vous aimiez mon frère, on verrait quelque alarme,
Il vous échapperait un soupir, une larme,
Qui marqueraient du moins un sentiment jaloux,
Qu'une sœur se montrât plus sensible que vous.
Dieux ! je donne l'exemple, et l'on s'en peut défendre !
Je le donne à des yeux qui ne daignent le prendre !
Aurait-on jamais cru qu'on pût voir quelque jour
Les nœuds du sang plus forts que les nœuds de [l'amour ?
Mais j'ai tort, et la perte est pour vous moins amère,
On recouvre un Amant plus aisément qu'un frère,
Et si je perds celui que le Ciel me donna,
Quand j'en recouvrerais, serait-ce un Suréna ?

EURYDICE

Et si j'avais perdu cet Amant qu'on menace,
Serait-ce un Suréna qui remplirait sa place ?
Pensez-vous qu'exposée à de si rudes coups,
J'en soupire au-dedans, et tremble moins que vous ?
Mon intrépidité n'est qu'un effort de gloire,
Que tout fier qu'il paraît, mon cœur n'en veut pas [croire,
Il est tendre, et ne rend ce tribut qu'à regret,
Au juste et dur orgueil qu'il dément en secret.
Oui, s'il en faut parler avec une âme ouverte,
Je pense voir déjà l'appareil de sa perte,
De ce Héros si cher, et ce mortel ennui
N'ose plus aspirer qu'à mourir avec lui.

PALMIS

Avec moins de chaleur vous pourriez bien plus faire.
Acceptez mon Amant pour conserver mon frère,
Madame, et puisqu'enfin il vous faut l'épouser,
Tâchez par Politique à vous y disposer.

EURYDICE

Mon amour est trop fort pour cette Politique,
Tout entier on l'a vu, tout entier il s'explique.

Et le Prince sait trop ce que j'ai dans le cœur,
Pour recevoir ma main comme un parfait bonheur.
J'aime ailleurs, et l'ai dit trop haut pour m'en dédire,
Avant qu'en sa faveur tout cet amour expire.
C'est avoir trop parlé, mais dût se perdre tout [1],
Je me tiendrai parole, et j'irai jusqu'au bout.

PALMIS
Ainsi donc vous voulez que ce Héros périsse ?

EURYDICE
Pourrait-on en venir jusqu'à cette injustice !

PALMIS
Madame, il répondra de toutes vos rigueurs,
Et du trop d'union où s'obstinent vos cœurs.
Rendez heureux le Prince, il n'est plus sa victime [2].
Qu'il se donne à Mandane, il n'aura plus de crime.

EURYDICE
Qu'il s'y donne, Madame, et ne m'en dise rien,
Ou si son cœur encor peut dépendre du mien,
Qu'il attende à l'aimer que ma haine cessée
Vers l'amour de son frère ait tourné ma pensée.
Résolvez-le vous-même à me désobéir,
Forcez-moi, s'il se peut, moi-même à le haïr,
À force de raisons faites-m'en un rebelle,
Accablez-le de pleurs pour le rendre infidèle,
Par pitié, par tendresse appliquez tous vos soins
À me mettre en état de l'aimer un peu moins ;
J'achèverai le reste. À quelque point qu'on aime,
Quand le feu diminue il s'éteint de lui-même.

PALMIS
Le Prince vient, Madame, et n'a pas grand besoin

1. Même s'il faut tout perdre (ou bien : même si tout doit périr).
2. Rendez heureux le Prince, et Suréna ne risque plus d'être sa victime.

Dans son amour pour vous d'un odieux témoin [1] :
Vous pourrez mieux sans moi flatter son espérance,
Mieux en notre faveur tourner sa déférence [2],
Et ce que je prévois me fait assez souffrir,
Sans y joindre les vœux qu'il cherche à vous offrir.

Scène 3

PACORUS, EURYDICE, ORMÈNE

EURYDICE

Est-ce pour moi, Seigneur, qu'on fait garde à vos portes ?
Pour assurer ma fuite, ai-je ici des escortes ?
Ou si ce grand Hymen pour ses derniers apprêts...

PACORUS

Madame, ainsi que vous chacun a ses secrets.
Ceux que vous honorez de votre confidence,
Observent par votre ordre un généreux silence,
Le Roi suit votre exemple [3], et si c'est vous gêner,
Comme nous devinons, vous pouvez deviner.

EURYDICE

Qui devine est souvent sujet à se méprendre.

PACORUS

Si je devine mal, je sais à qui m'en prendre,
Et comme votre amour n'est que trop évident,
Si je n'en sais l'objet, j'en sais le confident.
Il est le plus coupable, un Amant peut se taire,
Mais d'un Sujet au Roi, c'est crime qu'un mystère.
Qui connaît un obstacle au bonheur de l'État,
Tant qu'il le tient caché, commet un attentat.

---

1. L'« odieux témoin » désigne, par une figure d'énallage, Palmis elle-même. 2. Respect, soumission (d'un amant envers celle qu'il aime). 3. C'est-à-dire qu'il refuse de confier ses secrets.

Ainsi ce confident... vous m'entendez, Madame,
Et je vois dans les yeux ce qui se passe en l'âme.

EURYDICE

S'il a ma confidence, il a mon amitié,
Et je lui dois, Seigneur, du moins quelque pitié.

PACORUS

Ce sentiment est juste, et même je veux croire
Qu'un cœur comme le vôtre a droit d'en faire gloire.
Mais ce trouble, Madame, et cette émotion
N'ont-ils rien de plus fort que la compassion ?
Et quand de ses périls l'ombre vous intéresse,
Qu'une pitié si prompte en sa faveur vous presse,
Un si cher confident ne fait-il point douter
De l'Amant ou de lui qui les peut exciter ?

EURYDICE

Qu'importe, et quel besoin de les confondre ensemble,
Quand ce n'est que pour vous après tout que je tremble ?

PACORUS

Quoi ! vous me menacez moi-même à votre tour ?
Et les emportements de votre aveugle amour...

EURYDICE

Je m'emporte, et m'aveugle un peu moins qu'on ne [pense,
Pour l'avouer vous-même, entrons en confidence.
Seigneur, je vous regarde en qualité d'Époux,
Ma main ne saurait être, et ne sera qu'à vous,
Mes vœux y sont déjà, tout mon cœur y veut être,
Dès que je le pourrai, je vous en ferai maître,
Et si pour s'y réduire il me fait différer,
Cet Amant si chéri n'en peut rien espérer.
Je ne serai qu'à vous, qui que ce soit que j'aime,
À moins qu'à vous quitter, vous m'obligiez vous- même :
Mais s'il faut que le temps m'apprenne à vous aimer,

Il ne me l'apprendra qu'à force d'estimer,
Et si vous me forcez à perdre cette estime,
Si votre impatience ose aller jusqu'au crime...
Vous m'entendez, Seigneur, et c'est vous dire assez
D'où me viennent pour vous ces vœux intéressés.
J'ai part à votre gloire, et je tremble pour elle
Que vous ne la souilliez d'une tache éternelle,
Que le barbare éclat d'un indigne soupçon
Ne fasse à l'Univers détester votre nom,
Et que vous ne veuilliez sortir d'inquiétude
Par une épouvantable et noire ingratitude.
Pourrais-je après cela vous conserver ma foi,
Comme si vous étiez encor digne de moi,
Recevoir sans horreur l'offre d'une couronne
Toute fumante encor du sang qui vous la donne,
Et m'exposer en proie aux fureurs des Romains,
Quand pour les repousser vous n'aurez plus de mains ?
Si Crassus est défait, Rome n'est pas détruite,
D'autres ont ramassé les débris de sa fuite,
De nouveaux escadrons leur vont enfler le cœur,
Et vous avez besoin encor de son vainqueur.
Voilà ce que pour vous craint une Destinée,
Qui se doit bientôt voir à la vôtre enchaînée,
Et deviendrait infâme à se vouloir unir,
Qu'à des Rois dont on puisse aimer le souvenir [1].

PACORUS

Tout ce que vous craignez est en votre puissance,
Madame, il ne vous faut qu'un peu d'obéissance,
Qu'exécuter demain ce qu'un père a promis,
L'Amant, le Confident n'auront plus d'ennemis.
C'est de quoi tout mon cœur de nouveau vous conjure,
Par les tendres respects d'une flamme si pure,
Ces assidus respects, qui sans cesse bravés
Ne peuvent obtenir ce que vous me devez,

---

1. Même type d'utilisation du *que* exclusif qu'au vers 878 ; on comprendra : à d'autres rois qu'à des rois dont on puisse aimer le souvenir. Reprise de l'idée exprimée aux v. 1209-1212 et 1215-1218.

Par tout ce qu'a de rude un orgueil inflexible,
Par tous les maux que souffre...

EURYDICE

Et moi, suis-je insensible ?
Livre-t-on à mon cœur de moins rudes combats ?
Seigneur, je suis aimée, et vous ne l'êtes pas ;
Mon devoir vous prépare un assuré remède,
Quand il n'en peut souffrir au mal qui me possède [1],
Et pour finir le vôtre [2], il ne veut qu'un moment,
Quand il faut que le mien dure éternellement.

PACORUS

Ce moment quelquefois est difficile à prendre,
Madame, et si le Roi se lasse de l'attendre,
Pour venger le mépris de son autorité,
Songez à ce que peut un Monarque irrité.

EURYDICE

Ma vie est en ses mains, et de son grand courage
Il peut montrer sur elle un glorieux ouvrage.

PACORUS

Traitez-le mieux de grâce, et ne vous alarmez
Que pour la sûreté de ce que vous aimez :
Le Roi sait votre faible, et le trouble que porte
Le péril d'un Amant dans l'âme la plus forte.

EURYDICE

C'est mon faible, il est vrai, mais si j'ai de l'amour,
J'ai du cœur, et pourrais le mettre en son plein jour.
Ce grand Roi cependant prend une aimable voie
Pour me faire accepter ses ordres avec joie !
Pensez-y mieux de grâce, et songez qu'au besoin,
Un pas hors du devoir nous peut mener bien loin.

---

1. Alors qu'il n'y a pas de remède à mon amour conciliable avec mon devoir. 2. « Le vôtre » reprend « le mal » du vers précédent.

Après ce premier pas, ce pas qui seul nous gêne,
L'amour rompt aisément le reste de sa chaîne,
Et tyran à son tour du devoir méprisé
Il s'applaudit longtemps du joug qu'il a brisé.

PACORUS

Madame...

EURYDICE

Après cela, Seigneur, je me retire,
Et s'il vous reste encor quelque chose à me dire,
Pour éviter l'éclat d'un orgueil imprudent,
Je vous laisse achever avec mon Confident.

Scène 4

PACORUS, SURÉNA

PACORUS

Suréna, je me plains, et j'ai lieu de me plaindre.

SURÉNA

De moi, Seigneur ?

PACORUS

De vous. Il n'est plus temps de feindre,
Malgré tous vos détours on sait la vérité,
Et j'attendais de vous plus de sincérité,
Moi qui mettais en vous ma confiance entière,
Et ne voulais souffrir aucune autre lumière.
L'amour dans sa prudence est toujours indiscret,
À force de se taire il trahit son secret,
Le soin de le cacher découvre ce qu'il cache,
Et son silence dit tout ce qu'il craint qu'on sache.
Ne cachez plus le vôtre, il est connu de tous,
Et toute votre adresse a parlé contre vous.

SURÉNA

Puisque vous vous plaignez, la plainte est légitime,
Seigneur, mais après tout, j'ignore encor mon crime.

PACORUS

Vous refusez Mandane avec tant de respect,
Qu'il est trop raisonné pour n'être point suspect.
Avant qu'on vous l'offrît, vos raisons étaient prêtes,
Et jamais on n'a vu de refus plus honnêtes.
Mais ces honnêtetés ne font pas moins rougir :
Il fallait tout promettre, et la laisser agir,
Il fallait espérer de son orgueil sévère
Un juste désaveu des volontés d'un père,
Et l'aigrir par des vœux si froids, si mal conçus,
Qu'elle usurpât sur vous la gloire du refus[1].
Vous avez mieux aimé tenter un artifice
Qui pût mettre Palmis où doit être Eurydice,
En me donnant le change[2] attirer mon courroux,
Et montrer quel objet vous réservez pour vous.
Mais vous auriez mieux fait d'appliquer tant d'adresse
À remettre au devoir[3] l'esprit de la Princesse,
Vous en avez eu l'ordre, et j'en suis plus haï,
C'est pour un bon Sujet avoir bien obéi.

SURÉNA

Je le vois bien, Seigneur, qu'on m'aime, qu'on vous aime,
Qu'on ne vous aime pas, que je n'aime pas même,
Tout m'est compté pour crime, et je dois seul au Roi
Répondre de Palmis, d'Eurydice, et de moi,
Comme si je pouvais sur une âme enflammée
Ce qu'on me voit pouvoir sur tout un corps d'Armée,
Et qu'un cœur ne fût pas plus pénible à tourner,
Que les Romains à vaincre, ou qu'un sceptre à donner.

---

1. Qu'elle vous volât la gloire du refus : il fallait laisser à Mandane la gloire de vous refuser. Il est honteux pour Pacorus (voir le v. 1287) que ce soit Suréna qui ait pris l'initiative de refuser une fille de roi. **2.** En me trompant, en me donnant une fausse raison. **3.** Dans le devoir.

Sans faire un nouveau crime oserai-je vous dire
Que l'empire des cœurs n'est pas de votre Empire,
Et que l'amour jaloux de son autorité
Ne reconnaît ni Roi, ni Souveraineté ?
Il hait tous les emplois où la force l'appelle,
Dès qu'on le violente, on en fait un rebelle,
Et je suis criminel de ne pas triompher,
Quand vous-même, Seigneur, ne pouvez l'étouffer !
Changez-en par votre ordre à tel point le caprice,
Qu'Eurydice vous aime, et Palmis vous haïsse,
Ou rendez votre cœur à vos lois si soumis,
Qu'il dédaigne Eurydice, et retourne à Palmis ;
Tout ce que vous pourrez, ou sur vous, ou sur elles,
Rendra mes actions d'autant plus criminelles :
Mais sur elles, sur vous, si vous ne pouvez rien,
Des crimes de l'amour ne faites plus le mien [1].

PACORUS

Je pardonne à l'amour les crimes qu'il fait faire,
Mais je n'excuse point ceux qu'il s'obstine à taire,
Qui cachés avec soin se commettent longtemps,
Et tiennent près des Rois de secrets mécontents.
Un Sujet qui se voit le rival de son Maître,
Quelque étude [2] qu'il perde à ne le point paraître,
Ne pousse aucun soupir sans faire un attentat,
Et d'un crime d'amour il en fait un d'État.
Il a besoin de grâce, et surtout quand on l'aime,
Jusqu'à se révolter contre le Diadème,
Jusqu'à servir d'obstacle au bonheur général [3].

SURÉNA

Oui, mais quand de son maître on lui fait un rival,
Qu'il aimait le premier, qu'en dépit de sa flamme
Il cède, aimé qu'il est, ce qu'adore son âme,

---

1. Ne m'imputez plus pour crime de n'avoir pu vaincre mon amour.
2. Quelque soin. 3. Il a besoin qu'on use de grâce envers lui, qu'on lui pardonne, surtout quand on l'aime jusqu'au point de se révolter...

Qu'il renonce à l'espoir, dédit sa passion,
Est-il digne de grâce, ou de compassion ?

PACORUS

Qui cède ce qu'il aime est digne qu'on le loue,
Mais il ne cède rien quand on l'en désavoue,
Et les illusions d'un si faux compliment[1]
Ne méritent qu'un long et vrai ressentiment.

SURÉNA

Tout à l'heure, Seigneur, vous me parliez de grâce,
Et déjà vous passez jusques à la menace !
La grâce est aux grands cœurs honteuse à recevoir,
La menace n'a rien qui les puisse émouvoir.
Tandis que hors des murs ma Suite est dispersée,
Que la Garde au-dedans par Sillace est placée,
Que le Peuple s'attend à me voir arrêter,
Si quelqu'un en a l'ordre, il peut l'exécuter.
Qu'on veuille mon épée, ou qu'on veuille ma tête,
Dites un mot, Seigneur, et l'une et l'autre est prête,
Je n'ai goutte de sang qui ne soit à mon Roi,
Et si l'on m'ose perdre, il perdra plus que moi.
J'ai vécu pour ma gloire autant qu'il fallait vivre
Et laisse un grand exemple à qui pourra me suivre ;
Mais si vous me livrez à vos chagrins jaloux,
Je n'aurai pas peut-être assez vécu pour vous[2].

PACORUS

Suréna, mes pareils n'aiment point ces manières.
Ce sont fausses vertus que des vertus si fières.
Après tant de hauts faits, et d'exploits signalés,
Le Roi ne peut douter de ce que vous valez,
Il ne veut point vous perdre, épargnez-vous la peine
D'attirer sa colère, et mériter ma haine :
Donnez à vos égaux l'exemple d'obéir,

1. Les illusions qu'ont créées vos paroles de politesse mensongères.
2. Corneille prête à Suréna une vision prophétique : Pacorus fut effectivement défait et tué par les Romains.

Plutôt que d'un amour qui cherche à vous trahir.
Il sied bien aux grands cœurs de paraître intrépides,
De donner à l'orgueil plus qu'aux vertus solides,
Mais souvent ces grands cœurs n'en font que mieux
[leur Cour,
À paraître au besoin[1] maîtres de leur amour.
Recevez cet avis d'une amitié fidèle,
Ce soir la Reine arrive, et Mandane avec elle.
Je ne demande point le secret de vos feux,
Mais songez bien qu'un Roi quand il dit : *Je le veux...*
Adieu, ce mot suffit, et vous devez m'entendre.

SURÉNA

Je fais plus, je prévois ce que j'en dois attendre,
Je l'attends sans frayeur, et quel qu'en soit le cours,
J'aurai soin de ma gloire, ordonnez de mes jours.

Fin du quatrième Acte

1. Dans le besoin, quand c'est nécessaire.

ACTE CINQUIÈME

Scène Première

Orode, Eurydice

Orode

Ne me l'avouez point, en cette conjoncture
Le soupçon m'est plus doux que la vérité sûre,
L'obscurité m'en plaît, et j'aime à n'écouter
Que ce qui laisse encor liberté d'en douter.
Cependant par mon ordre on a mis garde aux Portes,
Et d'un Amant suspect dispersé les escortes,
De crainte qu'un aveugle et fol emportement
N'allât, et malgré vous, jusqu'à l'enlèvement.
La vertu la plus haute alors cède à la force,
Et pour deux cœurs unis l'amour a tant d'amorce [1],
Que le plus grand courroux qu'on voie y succéder
N'aspire qu'aux douceurs de se raccommoder.
Il n'est que trop aisé de juger quelle suite
Exigerait de moi l'éclat de cette fuite,
Et pour n'en pas venir à ces extrémités,
Que vous l'aimiez, ou non, j'ai pris mes sûretés.

Eurydice

À ces précautions je suis trop redevable,
Une prudence moindre en serait incapable,
Seigneur, mais dans le doute où votre esprit se plaît,
Si j'ose en ce Héros prendre quelque intérêt,
Son sort est plus douteux que votre incertitude,

1. Séduction, attrait.

Et j'ai lieu plus que vous d'être en inquiétude,
Je ne vous réponds point sur cet enlèvement,
Mon devoir, ma fierté, tout en moi le dément,
La plus haute vertu peut céder à la force,
Je le sais, de l'amour je sais quelle est l'amorce,
Mais contre tous les deux l'orgueil peut secourir,
Et rien n'en est à craindre alors qu'on sait mourir[1].
Je ne serai qu'au Prince.

ORODE

Oui, mais à quand, Madame,
À quand cet heureux jour, que de toute son âme...

EURYDICE

Il se verrait, Seigneur, dès ce soir mon époux,
S'il n'eût point voulu voir dans mon cœur plus que vous.
Sa curiosité s'est trop embarrassée[2]
D'un point dont il devait éloigner sa pensée ;
Il sait que j'aime ailleurs, et l'a voulu savoir,
Pour peine, il attendra l'effort de mon devoir.

ORODE

Les délais les plus longs, Madame, ont quelque terme.

EURYDICE

Le devoir vient à bout de l'amour le plus ferme,
Les grands cœurs ont vers lui des retours éclatants,
Et quand on veut se vaincre, il y faut peu de temps.
Un jour y peut beaucoup, une heure y peut suffire,
Un de ces bons moments qu'un cœur n'ose en dédire.
S'il ne suit pas toujours nos souhaits, et nos soins,
Il arrive souvent quand on l'attend le moins.
Mais je ne promets pas de m'y rendre facile,

---

1. Ultime affirmation de la grandeur de la tragédie cornélienne qui récuse l'idée même de la tentation romanesque (l'enlèvement et la fuite des amants), là où Racine (*Andromaque, Bajazet*) maintient cette tentation présente sans que ses personnages soient capables de s'y abandonner.
2. Occupée.

Seigneur, tant que j'aurai l'âme si peu tranquille,
Et je ne livrerai mon cœur qu'à mes ennuis,
Tant qu'on me laissera dans l'alarme où je suis.

ORODE

Le sort de Suréna vous met donc en alarme ?

EURYDICE

Je vois ce que pour tous ses vertus ont de charme,
Et puis craindre pour lui ce qu'on voit craindre à tous
Ou d'un maître en colère, ou d'un rival jaloux.
Ce n'est point toutefois l'amour qui m'intéresse,
C'est, je crains encor plus que ce mot ne vous blesse...
Et qu'il ne vaille mieux s'en tenir à l'amour,
Que d'en mettre, et sitôt, le vrai sujet au jour.

ORODE

Non, Madame, parlez, montrez toutes vos craintes.
Puis-je sans les connaître en guérir les atteintes,
Et dans l'épaisse nuit où vous vous retranchez,
Choisir le vrai remède aux maux que vous cachez ?

EURYDICE

Mais si je vous disais que j'ai droit d'être en peine
Pour un trône, où je dois un jour monter en Reine,
Que perdre Suréna, c'est livrer aux Romains
Un sceptre que son bras a remis en vos mains,
Que c'est ressusciter l'orgueil de Mithradate,
Exposer avec vous Pacorus et Phradate,
Que je crains que sa mort, enlevant votre appui,
Vous renvoie à l'exil où vous seriez sans lui ?
Seigneur, ce serait être un peu trop téméraire,
J'ai dû [1] le dire au Prince, et je dois vous le taire,
J'en dois craindre un trop long et trop juste courroux,
Et l'amour trouvera plus de grâce chez vous [2].

---

1. J'aurai dû. 2. Ces douze vers développent un des plus remarquables emplois de la figure de la *prétérition* (en outre subtilement préparé aux v. 1433-1436). Non seulement Eurydice dit au Roi qu'elle pourrait lui

ORODE

Mais, Madame, est-ce à vous d'être si Politique ?
Qui peut se taire ainsi, voyons comme il s'explique.
Si votre Suréna m'a rendu mes États,
Me les a-t-il rendus pour ne m'obéir pas ?
Et trouvez-vous par là sa valeur bien fondée
À ne m'estimer plus son maître qu'en idée[1],
À vouloir qu'à ses lois j'obéisse à mon tour ?
Ce discours irait loin, revenons à l'amour,
Madame, et s'il est vrai qu'enfin...

EURYDICE

Laissez-m'en faire,
Seigneur, je me vaincrai, j'y tâche, je l'espère,
J'ose dire encor plus, je m'en fais une loi,
Mais je veux que le temps en dépende de moi.

ORODE

C'est bien parler en Reine, et j'aime assez, Madame,
L'impétuosité de cette grandeur d'âme ;
Cette noble fierté que rien ne peut dompter
Remplira bien ce trône où vous devez monter.
Donnez-moi donc en Reine un ordre que je suive.
Phradate est arrivé, ce soir Mandane arrive ;
Ils sauront quels respects a montrés pour sa main
Cet intrépide effroi de l'Empire Romain,
Mandane en rougira le voyant auprès d'elle,
Phradate est violent et prendra sa querelle.
Près d'un esprit si chaud et si fort emporté
Suréna dans ma Cour est-il en sûreté ?
Puis-je vous en répondre à moins qu'il se retire ?

---

dire ce que néanmoins elle lui dit, mais elle insiste sur le fait que ce qu'elle lui dit, elle aurait dû le dire au Prince, et non pas à lui, le Roi (v. 1450), de peur de susciter son courroux. Par là, la *prétérition* se combine ici avec la figure de l'*ironie*, comme le confirme la réplique du Roi, elle-même ironique : « Qui peut se taire ainsi, voyons comme il s'explique » (v. 1454).

1. Qu'en pensée, par opposition à « dans les faits ».

EURYDICE

Bannir de votre Cour l'honneur de votre Empire !
Vous le pouvez, Seigneur, et vous êtes son Roi,
Mais je ne puis souffrir qu'il soit banni pour moi.
Car enfin les couleurs [1] ne font rien à la chose,
Sous un prétexte faux je n'en suis pas moins cause,
Et qui craint pour Mandane un peu trop de rougeur
Ne craint pour Suréna que le fond de mon cœur.
Qu'il parte, il vous déplaît, faites-vous-en justice,
Punissez, exilez, il faut qu'il obéisse.
Pour remplir mes devoirs j'attendrai son retour,
Seigneur, et jusque-là, point d'Hymen, ni d'amour.

ORODE

Vous pourriez épouser le Prince en sa présence ?

EURYDICE

Je ne sais, mais enfin je hais la violence.

ORODE

Empêchez-la, Madame, en vous donnant à nous,
Ou faites qu'à Mandane il s'offre pour époux.
Cet ordre exécuté, mon âme satisfaite
Pour ce Héros si cher ne veut plus de retraite.
Qu'on le fasse venir. Modérez vos hauteurs,
L'orgueil n'est pas toujours la marque des grands cœurs.
Il me faut un Hymen. Choisissez l'un ou l'autre,
Ou lui dites Adieu, pour le moins, jusqu'au vôtre.

EURYDICE

Je sais tenir, Seigneur, tout ce que je promets,
Et promettrais en vain de ne le voir jamais,
Moi qui sais que bientôt la guerre rallumée
Le rendra pour le moins nécessaire à l'Armée.

1. Les fausses raisons, les prétextes.

ORODE

Nous ferons voir, Madame, en cette extrémité
Comme il faut obéir à la nécessité.
Je vous laisse avec lui.

Scène 2

EURYDICE, SURÉNA

EURYDICE

Seigneur, le Roi condamne
Ma main à Pacorus, ou la vôtre à Mandane,
Le refus n'en saurait demeurer impuni,
Il lui faut l'une ou l'autre, ou vous êtes banni.

SURÉNA

Madame, ce refus n'est point vers lui[1] mon crime :
Vous m'aimez, ce n'est point non plus ce qui l'anime.
Mon crime véritable est d'avoir aujourd'hui
Plus de nom que mon Roi, plus de vertu que lui,
Et c'est de là que part cette secrète haine
Que le temps ne rendra que plus forte, et plus pleine.
Plus on sert des ingrats, plus on s'en fait haïr,
Tout ce qu'on fait pour eux ne fait que nous trahir,
Mon visage l'offense, et ma gloire le blesse,
Jusqu'au fond de mon âme il cherche une bassesse,
Et tâche à s'ériger par l'offre, ou par la peur,
De Roi que je l'ai fait, en tyran de mon cœur,
Comme si par ses dons il pouvait me séduire,
Ou qu'il pût m'accabler, et ne se point détruire.
Je lui dois en Sujet tout mon sang, tout mon bien,
Mais si je lui dois tout, mon cœur ne lui doit rien,
Et n'en reçoit de lois que comme autant d'outrages,
Comme autant d'attentats sur de plus doux hommages.

1. Envers lui.

Cependant pour jamais il faut nous séparer,
Madame.

EURYDICE

Cet exil pourrait toujours durer ?

SURÉNA

En vain pour mes pareils leur vertu sollicite[1],
Jamais un envieux ne pardonne au mérite.
Cet exil toutefois n'est pas un long malheur,
Et je n'irai pas loin sans mourir de douleur.

EURYDICE

Ah, craignez de m'en voir assez persuadée
Pour mourir avant vous de cette seule idée,
Vivez, si vous m'aimez.

SURÉNA

Je vivrais pour savoir
Que vous aurez enfin rempli votre devoir,
Que d'un cœur tout à moi, que de votre personne
Pacorus sera maître, ou plutôt sa couronne ?
Ce penser m'assassine, et je cours de ce pas
Beaucoup moins à l'exil, Madame, qu'au trépas.

EURYDICE

Que le Ciel n'a-t-il mis en ma main et la vôtre,
Ou de n'être à personne, ou d'être l'un à l'autre ?

SURÉNA

Fallait-il que l'amour vît l'inégalité[2]
Vous abandonner toute aux rigueurs d'un Traité ?

---

1. C'est en vain que la vertu des hommes comme moi plaide en leur faveur. **2.** L'inégalité de condition entre Eurydice et lui.

EURYDICE

Cette inégalité me souffrait[1] l'espérance.
Votre nom, vos vertus valaient bien ma naissance,
Et Crassus a rendu plus digne encor de moi
Un Héros dont le zèle a rétabli son Roi.
Dans les maux où j'ai vu l'Arménie exposée,
Mon pays désolé[2] m'a seul tyrannisée.
Esclave de l'État, victime de la paix,
Je m'étais répondu de[3] vaincre mes souhaits,
Sans songer qu'un amour comme le nôtre extrême
S'y rend inexorable[4] aux yeux de ce qu'on aime.
Pour le bonheur public j'ai promis, mais, hélas !
Quand j'ai promis, Seigneur, je ne vous voyais pas.
Votre rencontre ici m'ayant fait voir ma faute,
Je diffère à donner le bien que je vous ôte,
Et l'unique bonheur que j'y puis espérer,
C'est de toujours promettre, et toujours différer.

SURÉNA

Que je serais heureux, mais, qu'osé-je vous dire ?
L'indigne et vain bonheur où mon amour aspire !
Fermez les yeux aux maux où l'on me fait courir,
Songez à vivre heureuse, et me laissez mourir.
Un trône vous attend, le premier de la Terre,
Un trône où l'on ne craint que l'éclat du tonnerre,
Qui règle le destin du reste des Humains,
Et jusque dans leurs murs alarme les Romains.

EURYDICE

J'envisage ce trône et tous ses avantages,
Et je n'y vois partout, Seigneur, que vos ouvrages ;
Sa gloire ne me peint que celle de mes fers,
Et dans ce qui m'attend je vois ce que je perds.
Ah, Seigneur !

---

1. Permettait. 2. La destruction de mon pays. Cette tournure latine se trouve encore fréquemment au XVIIe siècle. 3. « S'assurer de, se rendre certain. 4. Devient insurmontable.

SURÉNA

Épargnez la douleur qui me presse,
Ne la ravalez point jusques à la tendresse,
Et laissez-moi partir dans cette fermeté,
Qui fait de tels jaloux, et qui m'a tant coûté.

EURYDICE

Partez, puisqu'il le faut, avec ce grand courage
Qui mérita mon cœur, et donne tant d'ombrage.
Je suivrai votre exemple, et vous n'aurez point lieu...
Mais j'aperçois Palmis qui vient vous dire Adieu,
Et je puis en dépit de tout ce qui me tue
Quelques moments encor jouir de votre vue.

Scène 3

EURYDICE, SURÉNA, PALMIS

PALMIS

On dit qu'on vous exile à moins que d'épouser,
Seigneur, ce que le Roi daigne vous proposer.

SURÉNA

Non, mais jusqu'à l'Hymen que Pacorus souhaite
Il m'ordonne chez moi quelques jours de retraite.

PALMIS

Et vous partez ?

SURÉNA

Je pars.

PALMIS

Et malgré son courroux
Vous avez sûreté d'aller jusque chez vous ?
Vous êtes à couvert des périls dont menace
Les gens de votre sorte une telle disgrâce ?

Et s'il faut dire tout, sur de si longs chemins
Il n'est point de poisons, il n'est point d'assassins ?

SURÉNA

Le Roi n'a pas encore oublié mes services,
Pour commencer par moi de telles injustices,
Il est trop généreux pour perdre son appui.

PALMIS

S'il l'est, tous vos jaloux le sont-ils comme lui ?
Est-il aucun flatteur, Seigneur, qui lui refuse
De lui prêter un crime, et lui faire une excuse[1] ?
En est-il que l'espoir d'en faire mieux sa Cour
N'expose sans scrupule à ces courroux d'un jour,
Ces courroux qu'on affecte, alors qu'on désavoue
De lâches coups d'État dont en l'âme on se loue,
Et qu'une absence élude attendant le moment
Qui laisse évanouir ce faux ressentiment ?

SURÉNA

Ces courroux affectés, que l'artifice donne,
Font souvent trop de bruit pour abuser personne.
Si ma mort plaît au Roi, s'il la veut tôt, ou tard,
J'aime mieux qu'elle soit un crime qu'un hasard ;
Qu'aucun ne l'attribue à cette loi commune
Qu'impose la Nature et règle la Fortune ;
Que son perfide auteur, bien qu'il cache sa main,
Devienne abominable à tout le genre humain ;
Et qu'il en naisse enfin des haines immortelles,
Qui de tous ses Sujets lui fassent des rebelles.

PALMIS

Je veux que[2] la vengeance aille à son plus haut point ;
Les morts les mieux vengés ne ressuscitent point,
Et de tout l'Univers la fureur éclatante

---

1. Un flatteur refuserait-il de substituer au roi pour vous assassiner, en excusant de la sorte le monarque ? **2.** Je veux bien que, supposons que...

PALMIS. Et vous partez ?

En consolerait mal, et la sœur, et l'Amante.

SURÉNA

Que faire donc, ma sœur ?

PALMIS

Votre asile est ouvert.

SURÉNA

Quel asile ?

PALMIS

L'Hymen qui vous vient d'être offert.
Vos jours en sûreté dans les bras de Mandane,
Sans plus rien craindre...

SURÉNA

Et c'est ma sœur qui m'y condamne,
C'est elle qui m'ordonne avec tranquillité
Aux yeux de ma Princesse une infidélité !

PALMIS

Lorsque d'aucun espoir notre ardeur n'est suivie,
Doit-on être fidèle aux dépens de sa vie ?
Mais vous ne m'aidez point à le persuader,
Vous qui d'un seul regard pourriez tout décider.
Madame ! ses périls ont-ils de quoi vous plaire ?

EURYDICE

Je crois faire beaucoup, Madame, de me taire,
Et tandis qu'à mes yeux vous donnez tout mon bien[1]
C'est tout ce que je puis que de ne dire rien.
Forcez-le, s'il se peut, au nœud que je déteste,
Je vous laisse en parler, dispensez-moi du reste,
Je n'y mets point d'obstacle, et mon esprit confus...
C'est m'expliquer assez, n'exigez rien de plus.

1. C'est-à-dire le cœur de Suréna.

SURÉNA

Quoi, vous vous figurez que l'heureux nom de gendre,
Si ma perte est jurée, a de quoi m'en défendre,
Quand malgré la Nature, en dépit de ses lois,
Le parricide a fait la moitié de nos Rois[1] ?
Qu'un frère pour régner se baigne au sang d'un frère ?
Qu'un fils impatient prévient la mort[2] d'un père ?
Notre Orode lui-même où serait-il sans moi ?
Mithradate pour lui montrait-il plus de foi ?
Croyez-vous Pacorus bien plus sûr de Phradate ?
J'en connais mal le cœur, si bientôt il n'éclate,
Et si de ce haut rang, que j'ai vu l'éblouir[3],
Son père et son aîné peuvent longtemps jouir.
Je n'aurai plus de bras alors pour leur défense,
Car enfin mes refus ne font pas mon offense,
Mon vrai crime est ma gloire, et non pas mon amour,
Je l'ai dit, avec elle il[4] croîtra chaque jour.
Plus je les servirai, plus je serai coupable,
Et s'ils veulent ma mort, elle est inévitable.
Chaque instant que l'Hymen pourrait la reculer
Ne les attacherait qu'à mieux dissimuler,
Qu'à rendre sous l'appas[5] d'une amitié tranquille
L'attentat plus secret, plus noir, et plus facile.
Ainsi dans ce grand nœud chercher ma sûreté
C'est inutilement faire une lâcheté,
Souiller en vain mon nom, et vouloir qu'on m'impute
D'avoir enseveli ma gloire sous ma chute.
Mais Dieu, se pourrait-il qu'ayant si bien servi
Par l'ordre de mon Roi le jour me fût ravi ?
Non, non, c'est d'un bon œil qu'Orode me regarde,
Vous le voyez, ma sœur, je n'ai pas même un Garde,
Je suis libre.

---

1. « Parricide » désigne au XVIIe siècle un meurtre contre un père ou une mère mais aussi contre tout parent proche (frère, fils). **2.** « Prévenir la mort » : devancer le moment prévu de la mort, hâter la mort. **3.** Les deux éditions publiées du vivant de Corneille (1675 et 1682) portent ici : « que j'ai vu éblouir ». Le sens est rétabli dans l'édition procurée par Thomas Corneille en 1692. **4.** « Il » reprend « mon crime ». **5.** « Sous l'appas » : sous l'apparence.

PALMIS

Et j'en crains d'autant plus son courroux ;
S'il vous faisait garder, il répondrait de vous.
Mais pouvez-vous, Seigneur, rejoindre votre Suite ?
Êtes-vous libre assez pour choisir une fuite ?
Garde-t-on chaque porte à moins d'un grand dessein[1] ?
Pour en rompre l'effet, il ne faut qu'une main[2].
Par toute l'amitié que le sang doit attendre,
Par tout ce que l'amour a pour vous de plus tendre...

SURÉNA

La tendresse n'est point de l'amour d'un Héros,
Il est honteux pour lui d'écouter des sanglots,
Et parmi la douceur des plus illustres flammes,
Un peu de dureté sied bien aux grandes âmes.

PALMIS

Quoi ! vous pourriez...

SURÉNA

Adieu, le trouble où je vous vois
Me fait vous craindre plus que je ne crains le Roi.

Scène 4

EURYDICE, PALMIS

PALMIS

Il court à son trépas et vous en serez cause,
À moins que votre amour à son départ s'oppose ;
J'ai perdu mes soupirs, et j'y perdrais mes pas[3] :
Mais il vous en croira, vous ne les perdrez pas,

---

1. Garderait-on toutes les portes, si rien de grave ne se préparait ? **2.** Pour rompre ce qui se prépare, il ne faut qu'un mariage. **3.** Je le poursuivrais vainement.

Ne lui refusez point un mot qui le retienne,
Madame.

EURYDICE

S'il périt, ma mort suivra la sienne.

PALMIS

Je puis en dire autant, mais ce n'est pas assez,
Vous avez tant d'amour, Madame, et balancez[1] !

EURYDICE

Est-ce le mal aimer que de le vouloir suivre ?

PALMIS

C'est un excès d'amour qui ne fait point revivre,
De quoi lui servira notre mortel ennui ?
De quoi nous servira de mourir après lui ?

EURYDICE

Vous vous alarmez trop, le Roi dans sa colère
Ne parle...

PALMIS

Vous dit-il tout ce qu'il prétend faire ?
D'un trône où ce Héros a su le replacer,
S'il en veut à ses jours, l'ose-t-il prononcer ?
Le pourrait-il sans honte et pourrez-vous attendre
À prendre soin de lui, qu'il soit trop tard d'en [prendre[2] ?
N'y perdez aucun temps, partez, que tardez-vous ?
Peut-être en ce moment on le perce de coups,
Peut-être...

EURYDICE

Que d'horreurs vous me jetez dans l'âme !

---

1. Vous hésitez ! 2. « Pourrez-vous attendre de prendre soin de lui, qu'il soit trop tard pour le faire ? »

PALMIS

Quoi ? vous n'y courez pas !

EURYDICE

Et le puis-je, Madame ?
Donner ce qu'on adore à ce qu'on veut haïr[1],
Quel amour jusque-là put jamais se trahir ?
Savez-vous qu'à Mandane envoyer ce que j'aime,
C'est de ma propre main m'assassiner moi-mêmc ?

PALMIS

Savez-vous qu'il le faut, ou que vous le perdez ?

Scène 5

EURYDICE, PALMIS, ORMÈNE

EURYDICE

Je n'y résiste plus, vous me le défendez[2]
Ormène vient à nous, et lui peut aller dire
Qu'il épouse... Achevez tandis que je soupire.

PALMIS

Elle vient toute en pleurs !

ORMÈNE

Qu'il vous en va coûter !
Et que pour Suréna...

PALMIS

L'a-t-on fait arrêter ?

---

1. La périphrase, précieuse (« ce qu'on veut haïr »), désigne Mandane.
2. Vous m'en empêchez.

ORMÈNE

À peine du Palais il sortait dans la rue,
Qu'une flèche a parti d'une main inconnue,
Deux autres l'ont suivie, et j'ai vu ce vainqueur,
Comme si toutes trois l'avaient atteint au cœur,
Dans un ruisseau de sang tomber mort sur la place.

EURYDICE

Hélas !

ORMÈNE

Songez à vous, la suite vous menace,
Et je pense avoir même entendu quelque voix
Nous crier qu'on apprît à dédaigner les Rois [1].

PALMIS

Prince ingrat, lâche Roi ! Que fais-tu du Tonnerre,
Ciel, si tu daignes voir ce qu'on fait sur la Terre,
Et pour qui gardes-tu tes carreaux [2] embrasés,
Si de pareils Tyrans n'en sont point écrasés ?
Et vous, Madame, et vous, dont l'amour inutile
Dont l'intrépide orgueil paraît encor tranquille,
Vous qui brûlant pour lui, sans vous déterminer,
Ne l'avez tant aimé que pour l'assassiner ;
Allez d'un tel amour, allez voir tout l'ouvrage,
En recueillir le fruit, en goûter l'avantage.
Quoi ! Vous causez sa perte, et n'avez point de pleurs ?

EURYDICE

Non, je ne pleure point, Madame, mais je meurs,
Ormène, soutiens-moi.

1. Qu'on apprît ce qu'il en coûtait de dédaigner les rois. 2. « Arme de trait, ou flèche carrée, qu'on tire avec une arbalète. C'est par comparaison qu'on appelle le *carreau* de la foudre le trait ou la pierre qu'on croit être dans la foudre, qui blesse et qui tue » (*Dictionnaire universel* de Furetière).

EURYDICE
Non, je ne pleure point, Madame, mais je meurs,
Ormène, soutiens-moi.

ORMÈNE

Que dites-vous, Madame ?

EURYDICE

Généreux Suréna, reçois toute mon âme.

ORMÈNE

Emportons-la d'ici pour la mieux secourir.

PALMIS

Suspendez ces douleurs qui pressent de mourir[1],
Grands Dieux, et dans les maux où vous m'avez
[plongée
Ne souffrez point ma mort que je ne sois vengée.

Fin du cinquième et dernier Acte

1. Qui veulent hâter ma mort.

DOSSIER

COMMENTAIRES

Résumé de la pièce

Situation

Au moment où les Romains dirigés par Crassus s'apprêtèrent à attaquer les Parthes, les deux peuples se disputèrent l'alliance du roi d'Arménie. Celui-ci, pour son malheur, choisit les Romains : pendant que le général parthe Suréna infligeait aux Romains la plus désastreuse défaite de leur histoire, le roi Orode fondait sur l'Arménie et l'obligeait à conclure une alliance. Aux termes de l'accord, la princesse d'Arménie Eurydice devait épouser le prince héritier des Parthes, Pacorus.

La pièce commence la veille du mariage, et l'action se déroule à Séleucie, capitale du royaume parthe.

Acte I

La princesse Eurydice confie à sa suivante Ormène son désespoir d'être à la veille d'épouser le prince Pacorus : elle aime Suréna, le glorieux vainqueur des Romains, qui avait été l'ambassadeur des Parthes quelques mois plus tôt à la cour d'Arménie. Sans espoir d'épouser un homme qui, s'il rétablit les rois sur leur trône, n'est pas roi, sa souffrance vient surtout de sa jalousie, car elle craint que le roi Orode ne veuille faire épouser à Suréna sa propre fille, la princesse Mandane, dont l'arrivée est imminente. Pour connaître les intentions de Suréna, à qui elle n'a pas parlé depuis son arrivée à la cour parthe, elle veut sonder sa sœur, Palmis, dont elle a fait son amie (scène 1). Interrogée, Palmis ne tarde pas à avouer qu'elle connaît le secret de leur amour et que Suréna l'aime toujours. Elle ajoute que, de son côté, elle aime le prince Pacorus, qui lui rendait son amour jusqu'à ce que l'arrivée d'Eurydice à la cour ne détourne ses sentiments (scène 2). Entre Suréna qui vient faire un dernier adieu à Eurydice : il est décidé à mourir le lendemain. Se sachant incapable de lui survivre, elle le supplie de vivre, préférant se consumer lentement dans le chagrin et l'amertume. Elle lui demande ensuite une seule faveur : qu'il refuse d'épouser Mandane et qu'il accepte de ne donner sa main qu'à celle qu'elle lui choisira elle-même (scène 3).

Acte II

Pacorus, inquiet de la froideur d'Eurydice, interroge Suréna. Quand il l'a connue à la cour d'Arménie, n'a-t-il pas soupçonné quelque amour secret ? Après avoir habilement esquivé, Suréna l'assure que l'amour viendra avec le mariage. Mais Pacorus ne sera satisfait qu'après avoir interrogé Eurydice elle-même (scène 1). Harcelée, elle finit par avouer qu'elle n'a que de l'amitié pour lui, puis qu'elle aime ailleurs, puis qu'il n'y a pas de plus beau parti que ce mystérieux amant, enfin qu'il est peut-être tout près ; elle le quitte en lui conseillant de tourner à nouveau son amour vers Palmis, en attendant qu'elle puisse se mettre elle-même à l'aimer : jusqu'à ce moment, elle diffère le mariage (scène 2). Devant Palmis, Pacorus feint alors un retour de ses sentiments vers elle. Mais il met une condition à son amour : qu'elle lui confie le nom de l'amant secret d'Eurydice. Palmis, de son côté, ne veut avouer que s'il fait la promesse de l'épouser. Il la quitte alors, plein de soupçons devant la connivence qu'il décèle entre Suréna et sa sœur (scène 3).

Acte III

Le roi Orode s'inquiète avec son conseiller Sillace de la froideur de Suréna, qui est peut-être plus que de l'indifférence. Lui devant tout, son trône et sa victoire contre les Romains, il se sent menacé par sa grandeur. Quoique partageant l'avis de Sillace — il faut le faire mourir ou en faire son gendre —, il lui répugne d'en être réduit à cette extrémité et de risquer de voir Suréna refuser sa fille (scène 1). Orode explique à Suréna qu'il ne voit pas d'autre moyen de le récompenser que de lui faire épouser sa fille Mandane. Suréna trouve de bonnes raisons pour faire valoir qu'il faut un roi à Mandane et qu'il préférerait voir sa sœur épouser le prince Pacorus. Orode lui rappelant que celui-ci doit épouser par traité Eurydice, Suréna lui confie qu'elle « aime ailleurs » sans qu'on sache qui. Orode veut bien s'en remettre au choix de Pacorus, mais exige que dès le lendemain Suréna épouse lui-même une femme qui ne puisse pas faire ombrage à son pouvoir (scène 2). Il interroge ensuite Palmis, inquiet de tant de mystères : Suréna refuse Mandane, Eurydice aime ailleurs... Mais Palmis ne veut avouer quoi que ce soit. En outre, malgré l'invitation pressante d'Orode à choisir quelque roi qu'il lui ferait épouser, elle se refuse à quitter la cour, voulant voir le volage Pacorus se consumer d'amour pour Eurydice. Devant tant de résistances, Orode, qui se soucie moins des secrets des cœurs que de l'intérêt de son État, la renvoie sur une menace voilée contre Suréna (scène 3).

Acte IV

Ormène informe sa maîtresse que des menaces pèsent sur Suréna que l'on soupçonne d'être d'intelligence avec elle (scène 1). Palmis, inquiète elle aussi, supplie Eurydice d'accepter par politique d'épouser Pacorus et de laisser Suréna épouser Mandane. Mais Eurydice, qui préfère mourir à la suite de son amant, se refuse à cette politique, à moins que Palmis parvienne à forcer son frère à lui être infidèle (scène 2). Elle menace ensuite Pacorus des conséquences funestes pour le royaume parthe qu'il y aurait à faire périr celui qu'il appelle son « confident », à défaut de le nommer son amant. Pacorus a beau expliquer qu'il suffit qu'elle accepte de l'épouser pour que Suréna ne soit plus en danger, Eurydice ne cède pas et menace de tout rompre (scène 3). Devant Suréna, Pacorus se plaint qu'il lui ait menti et qu'il puisse être soupçonné d'être son rival, véritable crime de lèse-majesté. Mais Suréna ne cède pas à la menace : il ne craint pas la mort, dont les conséquences seront désastreuses pour la dynastie (scène 4).

Acte V

Le roi explique à Eurydice que tout peut être réparé et oublié pourvu qu'elle cesse de résister, et il refuse d'entendre ses arguments politiques (il y a tout à perdre à faire mourir Suréna). Il menace d'exiler Suréna, à moins qu'elle ou lui accepte d'épouser Pacorus ou Mandane, et il laisse les deux amants décider ensemble (scène 1). Suréna se déclare prêt à s'exiler, sans qu'Eurydice cherche à le convaincre de céder, décidant seulement de toujours promettre sa main à Pacorus et de toujours différer (scène 2). L'entrée de Palmis met un terme à leurs lamentations : elle fait valoir que la vie de son frère est menacée s'il n'épouse Mandane, et supplie Eurydice d'intervenir.

Mais Suréna sait bien qu'il est coupable, quoi qu'il fasse, de son excès de grandeur, et il les quitte de peur de céder à leurs sanglots (scène 3). De reproches en reproches, Palmis cherche à obtenir d'Eurydice qu'elle laisse Suréna épouser Mandane (scène 4). Au moment où elle cède, Ormène en pleurs vient leur apprendre l'assassinat de Suréna, au moment où il quittait le palais. Eurydice s'effondre, privée de vie, et Palmis clame son désir de vengeance (scène 5).

Étude dramaturgique : la construction de la tragédie

La matrice tragique

Comme nous l'avons expliqué en introduction, le sujet de *Suréna* est tiré de Plutarque. Mais dans le détail, de quoi Corneille est-il redevable à l'écrivain grec ? L'ensemble du récit lui apporte les circonstances de temps et de lieu et plus largement tout l'arrière-plan qui va lui permettre de donner à sa pièce son épaisseur historique[1] ; mais le sujet proprement dit tient en une seule phrase, qui figure dans le court épilogue de Plutarque concluant la « tragédie de Crassus » :

> Hyrodes fit mourir Suréna pour l'envie qu'il porta à sa gloire.

Or cette phrase n'est qu'un dénouement, à peine étayé par l'énoncé, bien vague, de la cause de la mort

---

1. Le passé : situation politico-militaire antérieure (le roi parthe renversé par son frère et rétabli sur le trône par Suréna) ; début de l'expédition romaine, l'alliance des Romains et des Arméniens, la campagne victorieuse de Suréna contre les Romains et celle tout aussi victorieuse, mais moins glorieuse, du roi Orode contre les Arméniens). L'avenir : fin sanglante de Pacorus, vaincu par les Romains (prophétie formulée par Eurydice en V, 1, v. 1441 *sq.*), et du roi Orode lui-même, assassiné par son second fils (prophétie formulée par Suréna en V, 3, v. 1646-1648) ; l'ultime appel à la vengeance prononcé par Palmis à la fin de la pièce va dans le même sens.

du héros. C'est dire que la tragédie de Corneille est une construction à rebours : l'intrigue a été entièrement élaborée (c'est-à-dire inventée) à partir d'une situation finale historique. Certes, dans ce simple dénouement, Corneille trouvait le mouvement même de la pièce — la gloire entraînant la mort — ainsi qu'une perspective réflexive intéressante : qu'est-ce qui peut conduire un roi à faire périr un sujet auquel il doit tout[1] ? Mais la moisson était maigre ; elle ne fournissait que le squelette de la tragédie. Une simple matrice tragique. Tout restait à inventer.

En premier lieu, il fallait en faire une pièce cornélienne, c'est-à-dire faire en sorte que le sujet reposât sur un paradoxe absolu, à la limite de l'invraisemblance. Or, s'il est en soi paradoxal qu'un roi veuille perdre celui qui a sauvé son royaume, sans autre motif que celui-là précisément d'avoir sauvé son royaume, cela n'empêche pas que l'histoire abonde en rois tyranniques qui se sont abandonnés à leurs passions, à leur folie ou à leur faiblesse et ont fait (ou ont tenté de faire) périr leurs proches ; et Corneille connaissait si bien ce cas de figure qu'il l'avait dramatisé dans plusieurs de ses pièces, notamment *Rodogune*, *Héraclius* et *Nicomède* — tout en faisant justement reposer ces trois sujets sur une autre forme de paradoxe. Dès lors, le vrai paradoxe, dans le cas présent, c'est que ce soit un roi irréprochable sur le plan humain qui soit amené à faire périr un héros irréprochable. Le sujet fourni par Plutarque ne l'interdisait pas, puisque Hyrodes (Orode chez Appien et Corneille) était un roi légitime : dans l'idéologie

1. En fondant sa tragédie sur cette seule phrase, Corneille tournait ainsi le dos à la signification providentielle conférée à l'ensemble de son récit par l'écrivain grec. Plutarque, en effet, terminait son récit sur une perspective étroitement morale, voulant montrer que la cruauté d'Orode et la déloyauté de Suréna à l'égard des Romains avaient fini par retomber sur eux — de même que l'orgueil, la mesquinerie et l'aveuglement de Crassus avaient causé sa défaite et lui avaient coûté la vie. Cette modification de la perspective est évidemment essentielle.

monarchiste du XVIIe siècle, dans l'idéologie cornélienne donc, un roi légitime, tout parthe qu'il est, ne condamne pas à mort le plus grand prince de son royaume et son plus fidèle soutien sur un simple mouvement de jalousie ; encore une fois, ce qu'il est possible d'attendre de la part d'un tyran ou d'un usurpateur est inimaginable chez un véritable souverain. Ainsi l'Orode de Corneille est-il un souverain à la fois légitime et vertueux ; jaloux, certes, mais sa vertu le rend incapable de s'abandonner à une telle passion :

> Pour prix de ses hauts faits, et de m'avoir fait Roi,
> Son trépas... ce mot seul me fait pâlir d'effroi,
> Ne m'en parlez jamais, que tout l'État périsse,
> Avant que jusque-là ma vertu se ternisse,
> Avant que je défère à ces raisons d'État,
> Qui nommeraient justice un si lâche attentat !
> (III, 1, v. 739-744)

Il faut prendre ces mots à la lettre : un personnage de théâtre ne pense pas au-delà de ce que l'auteur lui fait dire ; il n'a d'arrière-pensées que dans la mesure où l'auteur laisse entendre qu'il en a. Or ici Orode s'exprime en son privé, en présence de son seul conseiller qui vient justement de lui donner un conseil de politique machiavélienne : s'il avait eu ne serait-ce qu'une hésitation, Corneille la lui aurait fait exprimer, au moins de façon voilée ; la force avec laquelle il lui fait au contraire refuser l'idée même de se laisser aller à la solution purement politique indique précisément qu'Orode est un roi vertueux. En fait, ce sont les autres personnages — Suréna en tête — qui prêtent au roi des arrière-pensées, interprétant subjectivement la situation objectivement tragique dans laquelle ils sont placés. De même que le sujet de cette tragédie exigeait que le roi fût vertueux, il interdisait, sous peine de perdre tout son sens, de supposer chez Suréna la moindre velléité de révolte : un héros révolté ôtait au sujet tout son caractère paradoxal — le paradoxe du héros parfait tué pour sa perfection même —, ainsi que sa valeur réflexive — comment un roi qui se veut juste peut faire périr un innocent.

Un roi trop vertueux pour causer la mort du héros sans raison véritable ; un héros trop vertueux pour fournir au roi la moindre raison de le faire périr : paradoxe, certes, mais c'est aussi ce qu'on appelle une impasse. Il fallait pourtant approfondir la décision du roi dans ce passage laconique du récit de Plutarque : trouver une raison susceptible de faire aller la jalousie jusqu'au meurtre. Pour que le roi soit à la fois vertueux et meurtrier, il fallait que le héros soit de son côté innocent et coupable. Telle est, nous semble-t-il, la matrice tragique complète, élaborée par Corneille à partir de la phrase de Plutarque.

Mise en place d'une intrigue

Pour sortir de l'impasse constituée par le caractère parfaitement paradoxal du sujet, Corneille a pu s'appuyer sur un texte de Machiavel qui, dans son *Discours sur la première décade de Tite-Live*, avait longuement théorisé la question de l'ingratitude politique — sans citer cependant l'exemple de Suréna, lacune que ses épigones avaient comblée. Le poète connaissait ce texte depuis longtemps, au moins depuis *Horace*, puisque Machiavel s'interroge longuement sur la question de savoir s'il fallait ou non condamner Horace après le meurtre de sa sœur. Voici ce qu'écrit le Florentin au chapitre XXIX du Livre premier :

> Ce capitaine qui, avec tant de valeur, a conquis à son maître un État ; qui, par ses victoires sur l'ennemi, s'est couvert de gloire ; qui a chargé ses soldats de riche butin ; ce capitaine acquiert nécessairement parmi ses soldats et ceux de l'ennemi, et parmi les sujets du prince, une si haute renommée qu'elle cesse d'être du goût de son maître. Si l'un est soupçonneux, l'autre est ambitieux et incapable de se contenir dans la bonne

> fortune ; et il est impossible que la crainte que le prince éprouve depuis la victoire de son capitaine ne soit pas aggravée par quelque insolence du vainqueur, soit en ses façons, soit en son langage. Le prince ne peut donc alors que songer à s'assurer du capitaine ; et pour cela, ou il s'en défait, ou il cherche à le discréditer dans l'armée, parmi le peuple, en s'efforçant de persuader que sa victoire est moins le fruit de sa *virtù* que du bonheur ou de la lâcheté de ses ennemis, ou de la *virtù* des autres officiers qui ont combattu avec lui[1].

Assurément Corneille a relu ce texte à l'occasion de *Suréna* puisqu'il fait précisément dire au conseiller du roi des Parthes : « Il faut, il faut le perdre, ou vous en assurer, / Il n'est point de milieu... » Mais là n'est pas le point qui nous intéresse pour l'instant. « Il est impossible », écrit Machiavel, « que la crainte que le prince éprouve depuis la victoire de son capitaine ne soit pas aggravée par quelque insolence du vainqueur, soit en ses façons, soit en son langage. » La traduction de Jacques Gohory (1544), constamment réimprimée au XVIIe siècle, notamment à Rouen, et que Corneille devait avoir sous les yeux, atténuait largement cette insolence prêtée au vainqueur : « Si donc son maître en a mal en la tête, il est aisé à advenir qu'au capitaine gai et content de sa personne il échappe quelque mot ou façon de faire trop hautaine, qui se puisse prendre et interpréter en mauvaise partie, et qui fasse croire au Prince pour certain ce qu'il en pensait[2]. » Restait à trouver ce mot ou cette façon de faire trop hautaine qui pouvait faire condamner Suréna sans entacher son innocence. Le système particulier de la tragédie française du XVIIe siècle, fondé sur la nécessité d'imbriquer un enjeu amoureux dans le conflit politique, lui en offrait la possibilité.

---

1. *Discours sur la première décade de Tite-Live*, dans Machiavel, *Œuvres complètes*, éd. E. Barincou, « Bibliothèque de la Pléiade », Paris, Gallimard, 1952, p. 445-446. 2. Traduction citée par G. Couton dans sa notice de *Nicomède, Œuvres complètes*, vol. II, p. 1465. Précisons que l'expression *s'assurer de*, que Corneille a reprise, figurait déjà dans cette traduction.

Quel motif un grand seigneur amoureux aurait-il eu de manifester quelque réticence hautaine envers l'autorité de son roi, autre que l'amour précisément ? Ce schéma, Corneille l'avait déjà expérimenté dans *Othon*. Le héros éponyme refusait par amour une alliance matrimoniale avec la nièce de son empereur, au risque de sa vie. De là dans *Suréna* l'invention de cette fille du roi des Parthes, Mandane, qu'il suffit à Corneille de nommer et d'annoncer sans qu'il soit besoin de la faire paraître : c'était prêter au roi Orode une manière généreuse de « s'assurer » de la personne du trop glorieux Suréna en lui donnant sa fille pour le faire entrer dans sa propre famille ; c'était en même temps créer les conditions d'une rupture entre le roi et son général, puisque le héros amoureux pouvait ne pas accepter cette manière de s'assurer de lui :

ORODE

Et ne se peut-il pas qu'un autre amour l'amuse,
Et que rempli qu'il est d'une juste fierté,
Il n'écoute son cœur plus que ma volonté ?
(III, 1, v. 778-780)

Il suffisait donc de rendre Suréna amoureux d'une autre pour créer les conditions d'un refus d'accéder au désir du roi, déclenchant ainsi le mouvement tragique. Mais il fallait bien donner une épaisseur à cet objet d'amour, un nom, une filiation, éventuellement un poids politique. Plutôt que d'inventer un personnage de toutes pièces — comme il l'a fait par ailleurs en prêtant une sœur à Suréna —, Corneille eut l'habileté d'utiliser le seul personnage féminin mentionné par Plutarque :

> Pendant que ces choses se passaient [la défaite de Crassus devant Suréna], Hyrodes avait déjà fait appointement et alliance avec Artabaze, le Roi d'Arménie, ayant fiancé sa sœur pour femme à son fils Pacorus [1].

1. Éd. cit., p. 96.

En imaginant la possibilité d'un lien amoureux entre la princesse arménienne[1], promise au prince héritier Pacorus, et Suréna, Corneille pouvait imbriquer l'intrigue politique et l'intrigue amoureuse : la jalousie du fils rejoignait l'inquiétude politique du père pour provoquer la perte du héros, et ce, alors même que le héros, tout grand seigneur qu'il était, n'était pas de sang royal et ne pouvait donc en aucune manière espérer épouser une princesse étrangère. Car cette différence de rang entre les amants mettait un obstacle insurmontable à la réalisation de leur amour, interdisant à Suréna d'entrer dans une rivalité active avec le fils du roi : rival secret et n'ayant pour seul désir que de garder secret cet amour impossible, mais rival tout de même, Suréna devenait ainsi innocent et coupable tout à la fois.

L'ENGRENAGE TRAGIQUE

En transformant ainsi un sujet extraordinaire en sujet véritablement paradoxal, il faisait, nous l'avons dit, du Corneille. Mais les implications de cette transformation vont bien au-delà. Car si, en lui-même, le sujet qui se dégage du texte de Plutarque est un sujet parfaitement tragique selon l'orthodoxie aristotélicienne (« Passage du bonheur au malheur » causé par un « surgissement de violences au cœur des alliances »), l'intrigue que Corneille conçoit à partir de la matrice tragique rejoint le mythe. Un roi légitime conduit à condamner un innocent pour un acte qui, de son point de vue, est coupable, la mort de l'innocent faisant du roi un tyran promis à la chute, c'est le tragique de l'absurde, c'est une forme du tragique pur. Mais c'est aussi, *mutatis mutandis* (quoique à peu de choses près), le tragique de l'*Antigone* de Sophocle.

---

1. Que Corneille transforme de sœur en fille du roi d'Arménie.

Le conflit entre Suréna et Orode reproduit le conflit entre Antigone et Créon.

Il est d'ailleurs tout à fait remarquable que le seul personnage que Corneille ait entièrement inventé, Palmis, la sœur de Suréna, possède une fonction dans cette sous-structure mythique. Unique personnage qui apparaît dans chacun des cinq actes, lien entre tous les protagonistes et porte-parole des arguments des uns auprès des autres, elle voit son image évoluer à mesure que l'action avance, pour se fixer dans les deux derniers actes. Amie des cœurs et confidente, mais cœur triste soi-même (acte I), maîtresse bafouée (II), amante vindicative et provocatrice (III), enfin sœur inquiète qui tente de fléchir l'inflexibilité amoureuse des deux amants et de détourner Suréna de la mort (IV et V) : dans cette configuration terminale, Palmis tient la même position structurale qu'Ismène, la sœur d'Antigone, dans la pièce de Sophocle. Comme Ismène, elle est d'accord avec les principes qui légitiment l'action du héros et de son amante (elle les défend même devant le roi à l'acte III), mais elle mesure le danger de chercher à les appliquer et les combat de toutes ses forces pour tenter d'arracher son frère à la mort, quitte à accuser l'amante de Suréna d'égoïsme et d'aveuglement coupables, comme Ismène avait accusé Antigone de folie. Et la configuration morale rejoint la position structurale : les arguments et les reproches de Palmis rejoignent ceux d'Ismène pour souligner la solitude des héros, incompris dans leur volonté d'aller jusqu'au bout de leurs sentiments (piété familiale dans *Antigone*, absolu de l'amour dans *Suréna*).

Que le conflit tragique et la dimension réflexive de *Suréna* puissent ainsi renvoyer à *Antigone* ne doit pas masquer que cette œuvre fonctionne comme une tragédie française du XVIIe siècle. Selon le point de vue du spectateur — qui aborde la pièce dans le sens inverse de celui selon lequel le poète l'a composée —, c'est l'amour qui crée la tragédie. Et c'est le personnage de Palmis, qui sur le plan structural reproduit la position d'Ismène aux côtés d'Antigone, qui constitue la maille initiale de la trame d'où découle l'action apparente de la pièce.

En intégrant ce personnage — peut-être initialement conçu comme une simple confidente — dans la structure amoureuse de sa pièce, Corneille retombait sur un schéma à quatre personnages avec ses diverses possibilités de combinaison. La combinaison préférée des auteurs dramatiques du XVIIe siècle est celle qu'on appelle la chaîne amoureuse, issue du genre de la pastorale dramatique : Palmis aime Pacorus qui aime et doit épouser la princesse Eurydice, laquelle aime et est aimée par Suréna [1] — que le roi, de son côté souhaiterait voir épouser sa propre fille [2]. Et toute l'action paraît organisée en fonction de ce principe de la chaîne amoureuse à quatre personnages présents en scène : rôle déterminant du personnage central de la chaîne (ici Pacorus) qui, après avoir rompu le lien amoureux qui l'unissait préalablement au premier maillon (Palmis), cherche à toute force à briser à son profit l'amour réciproque des amants parfaits ; impossibilité pour ceux-ci de trouver le bonheur à cause d'un obstacle extérieur (traité, inégalité de rang).

Ce qui distingue le fonctionnement de *Suréna* de celui d'une pastorale ordinaire, c'est que la fin — pro-

---

1. Cette combinaison a été particulièrement goûtée par les dramaturges de l'époque parce qu'elle permet de présenter dans une même œuvre, et de façon harmonieuse, toutes les situations amoureuses et toutes les formes de discours poétiques qui leur sont afférentes. Si A aime B qui aime C, qui aime et est aimé par D, on peut avoir : les plaintes de celui qui aime sans être aimé (A), de celui qui aime qui ne l'aime pas tout en étant aimé par quelqu'un d'autre (B) ; donc la poursuite importune de A envers B (et de B envers C) et l'impatience de B envers A (et de C envers B), etc.
2. Notons que l'argumentation que Corneille prête à Suréna à l'acte III, lorsque celui-ci tente d'accéder au souhait du roi d'allier leurs deux familles tout en refusant d'épouser sa fille, repose sur la chaîne amoureuse : il suffit, dit-il, de marier Pacorus à sa sœur Palmis qui l'aime.

grammée par la matrice tragique — ne peut produire aucun retournement. On ne découvre pas *in extremis* que Suréna est de sang royal, ce qui lui permettrait d'épouser la princesse qu'il aime ; le personnage détenteur de l'autorité n'a donc aucune raison de se ranger du côté des vœux des amants et d'autoriser leur mariage ; l'amoureux éconduit n'est pas contraint de se retourner vers celle qui n'a jamais cessé de l'aimer ; et tout ne se termine pas par un double mariage. De la sorte la situation reste bloquée et, dans la mesure où l'amoureux éconduit est du côté de la puissance politique, la mort — envisagée d'emblée par le héros — devient inévitable. Ainsi, si l'on se place au plan superficiel des relations amoureuses entre les personnages — de la structure *superficielle* de l'action —, *Suréna* peut se donner à lire comme une pastorale tragique.

D'ailleurs, en nommant son héroïne Eurydice, Corneille n'invitait-il pas à voir dans Suréna une moderne figure d'Orphée, le demi-dieu qui se laisse tuer par amour et qui, par le thème de la fidélité absolue et de la mort libératrice, a été très tôt associé à la pastorale (au moins dès la *Fabula di Orfeo, egloga pastorale* de Poliziano créée en 1480) ? Et, dans le détail, ce général si puissant, auquel rien ne résiste, ni les rebelles, ni les Romains — ni les princesses étrangères —, peut bien apparaître comme une transposition historique d'Orphée, demi-dieu à la voix surnaturelle duquel tout cède, les hommes, les animaux, les arbres, les rochers. Et c'est au moment où la perte définitive d'Eurydice a rendu celui-ci inconsolable que son chant perd sa puissance, au point que les Ménades thraces qui veulent lui faire payer ses mépris parviennent à brouiller sa mélodie de leurs cris, ce que n'avaient pu faire les Sirènes elles-mêmes lors de son équipée avec les Argonautes. De même pour Suréna : refuser la princesse Mandane, avouer ainsi à demi qu'il veut rester désespérément fidèle à Eurydice le conduit à affaiblir lui-même sa propre puissance (Ormène à Eurydice : « Oui, votre intelligence à demi découverte / Met votre Suréna sur le bord de sa perte », IV, 1, v. 1057-1058). Et, au bout du compte, ce mépris pour toute autre alliance et sa fidélité à Eurydice sont la cause directe du lâche meurtre dont il est la victime et auquel il s'abandonne : il n'y a pas loin des cris de colère des femmes thraces méprisées par Orphée au cri entendu par la suivante Ormène au moment du meurtre de Suréna : « Et je pense avoir même entendu quelque voix / Nous crier qu'on apprît à dédaigner les Rois » (V, 5, v. 1719-1720).

En outre, par rapport à une pastorale ordinaire, où le couple d'amants cherche à trouver une issue positive à ses vœux amoureux, Eurydice et Suréna se distinguent par leur résignation : ils ont si bien intégré leur différence de rang — l'une ne peut épouser qu'un roi, et l'autre fait les rois mais n'est pas roi — qu'ils savent depuis le début leur amour sans issue et sans espoir (« Cet amant si chéri n'en peut rien espérer », v. 1200) et qu'ils réclament seulement un espace de liberté intérieure pour pouvoir faire perdurer leur amour désespéré dans le secret, la souffrance et la fidélité du souvenir ; espace tout provisoire que la mort attendue ne saurait tarder à révoquer.

Là réside l'une des clés de l'élaboration de la pièce : tout faire reposer sur une situation reconnue d'emblée comme irrémédiablement sans issue et donc radicalement désespérée. Corneille pouvait-il trouver meilleure réplique à la dramaturgie racinienne qui repose sur une perpétuelle hésitation entre l'espoir illusoire et une réalité toujours plus désespérante ? et meilleure réponse à *Mithridate*, par lequel Racine prétendait lui ravir sa suprématie dans le domaine de la tragédie à retournement ? Explore-t-il pour autant une voie nouvelle ? Il ne semble pas, en vérité, faire autre chose que du Corneille. Car ce schéma situationnel n'est pas sans rappeler celui du *Cid* : deux amants placés dans une situation dont il est humainement impossible de prévoir un dénouement qui pourrait les satisfaire, deux amants désespérément séparés dans l'attente de la seule situation qui pourra les réunir, la mort. Seulement, *Le Cid* était une tragi-comédie : d'une part, le mariage paradoxal des amants était inclus dans la définition même du sujet, d'autre part, l'héroïsme épique de Rodrigue entraînait un dépassement de cette situation : la « mourante vie » qu'il avait promise à Chimène en attendant qu'elle obtienne sa condamnation à mort, se résolvait en une suite de triomphes qui l'éloignaient toujours plus de la mort. À l'inverse, *Suréna* est fondé sur une vraie matrice tragique, c'est-à-dire sur un noyau initial qui empêche que l'action puisse être régie par l'esthétique positive issue de la tragi-comédie. Dans le cas présent, la « mourante vie » ne peut se conclure que par la mort.

Étude rhétorique : motiver les actions des personnages (opinions, sentiments, passions)

MOTIVER LES ACTIONS (1) : PSYCHOLOGIE AMOUREUSE

Que la « mourante vie », qui débouchait sur le triomphe dans *Le Cid*, ne puisse se conclure que par la mort dans *Suréna*, ne signifie pas pour autant qu'il suffise de l'attendre passivement. Car, pour comprendre les motivations psychologiques que Corneille a prêtées à ses principaux personnages, il convient, avant d'invoquer l'hypothèse toute gratuite du contraste entre la juvénile ardeur d'un poète de trente ans et la mélancolie résignée d'un vieil homme de soixante-huit ans, de s'interroger sur la logique propre aux genres littéraires.

Or, à examiner de près les relations entre Suréna

et Eurydice, on constate que le mot de *résignation*, que nous avons utilisé dans un premier temps pour les distinguer de celles qui caractérisent les bergers de la pastorale, convient mal au programme qu'ils se fixent lors de leur première entrevue, qu'ils croient être la dernière (I, 3). Ce qui l'emporte à première vue dans l'invitation à survivre que lance Eurydice à son amant, c'est effectivement le caractère délétère et mélancolique. Mais il convient de relire ces vers célèbres non en lecteur du XXe siècle, mais en lecteur du XVIIe siècle. Un intertexte s'y révèle, qui leur donne une signification extrêmement précise. À Suréna qui vient lui annoncer qu'il s'en va mourir d'amour, Eurydice répond :

Vivez, Seigneur, vivez, afin que je languisse,
Qu'à vos feux ma langueur rende longtemps justice ;
Le trépas à vos yeux me semblerait trop doux,
Et je n'ai pas encore assez souffert pour vous.
Je veux qu'un noir chagrin à pas lents me consume,
Qu'il me fasse à longs traits goûter son amertume,
Je veux, sans que la mort ose me secourir,
Toujours aimer, toujours souffrir, toujours mourir.
(I, 3, v. 261-268)

Quand l'amour ne peut pas s'exprimer autrement que dans l'abandon délectable à la souffrance ; quand l'amour c'est non seulement aimer, mais aimer le malheur même d'aimer ; quand l'amour c'est aussi accepter de subir en son corps et en son âme la douleur de l'exclusion ; bref, quand aimer, c'est vouloir mourir sans mourir, c'est que le discours prêté par Corneille à ses personnages est un discours, à la lettre, élégiaque. L'intertexte, c'est donc toute la tradition élégiaque latine (Catulle, Properce, Tibulle, Ovide), extrêmement vivante auprès des lecteurs et des écrivains du XVIIe siècle, qui savaient bien que l'élégie ne se résume pas à une simple plainte mélancolique, et qui connaissaient par cœur *Pyrame et Thisbé* de Théophile de Viau, la tragédie élégiaque par excellence. Les spécialistes modernes résument l'esprit de l'élégie antique en une phrase : l'inscription poétique d'une impossibilité dépendant d'un interdit. Situation d'exclusion pour les deux amants, paroles lancées depuis le seuil d'une barrière qui interdit le contact avec l'être aimé, présence de la souffrance et imminence de la mort. Pour le héros élégiaque, la vie est une mort dans l'attente de la vraie mort. Autant dire qu'il s'agit très exactement de la situation des deux amants de *Suréna*.

C'est pourquoi il est impropre de parler de résignation pour qualifier l'attitude de ceux-ci. Présenté et senti comme une attitude élégiaque, leur comportement en apparence négatif, leur absence totale d'action constituent, en fait, une manière d'être absolument positive. Ne pas agir, c'est-à-dire créer une situation qui pérennise leur relation parfaitement — et désespérément — élégiaque : tel est l'enjeu. Pour le couple élégiaque, le choix est entre une mort d'amour immédiate et une survie qui est vécue comme une mort à la fois permanente et différée. De fait, avant de se laisser convaincre de « toujours aimer, toujours souffrir, toujours mourir », Suréna avait, dans un premier temps, choisi la mort d'amour immédiate :

> Je n'ai plus que ce jour, que ce moment de vie :
> Pardonnez à l'amour qui vous la sacrifie,
> Et souffrez qu'un soupir exhale à vos genoux,
> Pour ma dernière joie une âme toute à vous.
>
> (I, 3, v. 253-256)

Soulignons que, qu'elle soit immédiate ou différée, la mort acceptée au nom de l'amour est envisagée sans autre adoucissement que le bonheur même de mourir. Par là s'explique la fameuse déclaration de Suréna (le refus de la postérité), quelquefois mise au compte de la lassitude du « vieux Corneille », qui se termine par les mots :

> Et le moindre moment d'un bonheur souhaité
> Vaut mieux qu'une si froide et vaine éternité.
> (I, 3, v. 311-312)

Pour le héros amoureux, la vraie gloire est l'absolu de la mort, et le seul bonheur l'instant de la mort. Il n'est plus rien après, si ce n'est l'union des âmes dans la mort — seule union possible, évoquée dans le cri ultime d'Eurydice (« Généreux Suréna, reçois toute mon âme » V, 5, v. 1734).

Notons pour finir que c'est le schéma pastoral qui en apparence permet d'assurer la pérennisation de la situation élégiaque. En butte à l'indiscrétion inquisitoriale du maillon central de la chaîne amoureuse, Pacorus, Eurydice en profite pour décider de surseoir au mariage, si possible indéfiniment, comme elle l'expliquera plus tard à Suréna :

> Je diffère à donner le bien que je vous ôte,
> Et l'unique bonheur que j'y puis espérer,
> C'est de toujours promettre, et toujours différer.
> (V, 2, v. 1558-1560)

MOTIVER LES ACTIONS (2) : PSYCHOLOGIE POLITIQUE

Puisque l'héroïne est promise, par traité, au prince parthe, et que le héros est le principal soutien de la dynastie, il leur est interdit de songer à manifester publiquement leur amour. En fait, il ne leur est permis qu'une alliance matrimoniale publique, avec ceux que leur statut politique les autorise à épouser, et éventuellement à aimer : le prince Pacorus pour la princesse Eurydice, la fille du roi pour Suréna. Or ces alliances, ils n'en veulent pas. Corneille, en inventant une ambassade de Suréna en Arménie antérieure à la guerre, leur a fait connaître le véritable amour, le parfait amour, celui que les yeux suffisent à exprimer.

Loin de Séleucie, loin de la cour, il y a un au-delà amoureux, celui du passé de la rencontre qui persiste dans l'impossibilité et la souffrance consentie du présent et ne peut subsister que dans le secret — où l'on retrouve la mythologie pastorale.

Mais la royauté absolutiste — ou, pour parler comme Norbert Elias, « la société de cour » — ne laisse pas de place pour le secret. C'est même l'un des aspects essentiels de ce type de régime. Écoutons Louis XIV expliquer à son fils en quoi consiste l'exercice du pouvoir :

> C'est en un mot, mon fils, avoir les yeux ouverts sur toute la terre, apprendre nécessairement les nouvelles de toutes les provinces et de toutes les nations, le secret de toutes les cours, l'honneur et le faible de tous les princes et de tous les ministres étrangers, être informé d'un nombre infini de choses qu'on croit que nous ignorons, voir autour de nous-mêmes ce qu'on nous cache avec le plus de soin, découvrir les vues les plus éloignées de nos propres courtisans [1].

Examinons surtout l'emblème de la *Raison d'État*, tel qu'il figure dans l'*Iconologie* de Cesare Ripa, l'un des ouvrages les plus répandus dans l'Europe de la première moitié du XVIIe siècle. Corneille, en effet, n'avait pas besoin de connaître les conseils donnés par Louis XIV à son fils : il pouvait trouver dans l'*Iconologie* une réflexion du même type sur les rapports entre le pouvoir absolu et le secret.

> RAISON D'ÉTAT
>
> Nous la représentons par une Femme aguerrie, et qui est armée d'un Heaume, d'une Cuirasse, et d'un Cimeterre.
>
> *Elle a de plus une Jupe verte, toute semée d'yeux et d'oreilles,* une Baguette en la main gauche, et la droite appuyée sur la tête d'un Lion.
>
> On la peint armée pour montrer que celui qui agit par les raisons Politiques tient toutes les autres pour

1. Cité par Norbert Elias, *La Société de Cour*, Flammarion, 1985, p. 131.

indifférentes, pourvu qu'il puisse venir à bout de ses prétentions, et par la force des armes faire de nouvelles conquêtes.

Sa Jupe pleine d'yeux et d'oreilles nous représente la Jalousie, qui pour mieux acheminer ses desseins, et retarder ceux des autres, veut tout voir et tout entendre.

La Baguette qu'elle tient est une marque de la domination des Souverains sur leurs sujets [...].

Elle s'appuie sur un Lion, pource que par leurs maximes les grands du monde cherchent à s'assujettir les plus puissants, à l'imitation de cet impérieux animal, qui met tous les autres au-dessous de lui. *Par où il est encore montré que pour la conservation d'un État la Vigilance doit être jointe à la Force*[1].

Grâce à ce texte, on comprend parfaitement pourquoi dans *Suréna* Corneille a réparti la fonction royale entre deux personnages, le roi Orode et le prince Pacorus : d'un côté celui qui détient la force et qui « cherche à s'assujettir les plus puissants » ; de l'autre celui qui représente « la Vigilance » du pouvoir, vigilance qui se manifeste par « la Jalousie » symbolisée par la jupe pleine d'yeux et d'oreilles. Sur ce plan, le rôle de Pacorus est donc capital. Tandis que le roi Orode paraît se situer au-dessus du jeu des rivalités amoureuses et s'abstient de chercher à percer le secret des héros, la quête du secret est dévolue à celui qui constitue à ce moment son double : son fils Pacorus. Tandis qu'Orode, tout au renforcement de son pouvoir, ne veut que des actes publics et politiques — le v. 1035, « La seule Politique est ce qui nous émeut », semble un écho de Baudoin : « celui qui agit par les raisons politiques tient toutes les autres pour indifférentes » —, est confié à Pacorus le soin de faire en

---

1. Nous citons la traduction de Jean Baudoin d'après l'éd. de 1643, *Iconologie, ou les principales choses qui peuvent tomber dans la pensee touchant les Vices et les Vertus, sont représentees soubs diverses figure [...]* (éd. en *fac-simile* : Paris, Klincksieck, 1989). La vignette figure à la p. 166, la description et le commentaire aux p. 167-168. Les passages en italique sont soulignés par nous.

sorte que même le secret des cœurs ne s'oppose pas à ces actes publics :

> Et je vois dans les yeux ce qui se passe en l'âme.
> (IV, 3, v. 1178)

Cette répartition des tâches entre les deux faces du pouvoir politique, loin d'être plaquée de l'extérieur par Corneille, est légitimée par la conduite même de l'intrigue. Pacorus possède le statut particulier d'être à la fois une seconde incarnation de la présence royale et un amoureux : prince qui doit épouser Eurydice par traité, il est passé au-delà de l'espace public qui lui était réservé en tombant amoureux d'Eurydice et en liant son mariage à l'amour.

Que reste-t-il quand le secret est percé ? Il ne subsiste qu'une forme de liberté, celle qui consiste à rester fidèle à cet amour impossible en se refusant à toute autre alliance matrimoniale : Suréna réclame ainsi une sorte de retraite intérieure, menaçant, sans le dire encore, de se retirer physiquement de la cour. Mais la monarchie absolutiste ne permet aucun refus à ses courtisans, aucune retraite (sauf celle qu'elle ordonne sous forme d'exil), bref aucune menace, même potentielle, à l'encontre du souverain. « Sa vigilance inlassable à l'égard de la noblesse », écrit Norbert Elias de Louis XIV, « était un de ses traits dominants. Il quittait l'impassibilité affichée [...] à l'égard de la sphère économique, dès que les questions de domination, de rang, de prestige et de supériorité personnelle étaient en jeu. Là, Louis XIV ignorait tout sang-froid ; là il était toujours tendu et impitoyable[1]. » À son propre frère, qui lui avait demandé un gouvernement et une « place de sûreté », il avait répondu : « La meilleure place de sûreté pour un fils de France est le cœur du roi[2]. » Aucune échappatoire, ni même possibilité d'échappatoire n'est pos-

1. *La Société de Cour*, p. 217. 2. *Ibid.*, p. 219.

sible dans un tel système. Et Corneille le savait bien, qui avait déjà placé un roi vertueux face à un héros qui donnait prise au soupçon et souhaitait s'exiler[1] :

Nous ne pouvons souffrir qu'ils [les Héros] meurent [en repos.
Cependant cet exil, ces retraites paisibles,
Cet unique souhait d'y terminer leurs jours,
Sont des mots bien choisis à remplir leurs discours,
Ils ont toujours leur grâce, ils sont toujours plausibles,
Mais ils ne sont pas vrais toujours,
Et souvent des périls ou cachés, ou visibles,
Forcent notre prudence à nous mieux assurer
Qu'ils ne veulent se figurer.

Se réfugier dans une retraite intérieure en refusant le mariage politique qui lui est proposé par le roi lui-même, envisager ensuite de se retirer de la cour, équivaut donc pour Suréna à commettre un acte de rébellion, plus grave encore que celui qui consistait à paraître le rival en amour du prince héritier (qui était déjà un « attentat[2] »).

Par là on discerne bien que la gloire militaire du héros et le rêve de retraite de l'amoureux, c'est tout un. Pour que le roi ne se sente pas menacé par la première, il faut que Suréna accepte d'étouffer le second. Refuser cette invite, c'est préférer la liberté intérieure à l'obéissance au roi, et c'est montrer qu'on accepte que sa propre gloire de sujet puisse faire ombrage à celle du roi. Dès lors on comprend bien pourquoi Corneille a fait de la rencontre entre Orode et Suréna le sommet de sa pièce, son point exact d'équilibre (III, 2). Tandis que le roi y déploie « avec pleine franchise » (v. 882) tous les attendus de la situation politique, Suréna en est réduit à « déguiser » (v. 881) la vérité de ses sentiments sous une double

1. *Agésilas*, III, 1, v. 877-885. 2. « Un Sujet qui se voit le rival de son Maître / [...] Ne pousse aucun soupir sans faire un attentat » (IV, 4, v. 1329-1331).

rhétorique alternée de la soumission (« le respect ») et de la provocation (sa « gloire ») avant d'être acculé à laisser transparaître qu'il a bien un secret (v. 954 : « Du secret de mon cœur puis-je vous rendre compte ? »).

Ainsi s'ordonne la rencontre entre passion amoureuse et nécessités politiques. La psychologie amoureuse que Corneille prête à ses deux héros — l'espoir de maintenir envers et contre tout, et dans le secret, la tension élégiaque : « Toujours aimer, toujours souffrir, toujours mourir » — se heurte à la psychologie politique du détenteur d'un pouvoir qu'il veut absolu. Maintenir la tension élégiaque, c'est perpétuer le secret des sentiments amoureux, et il n'y a pas place pour le secret. Suréna ne peut résister sans commettre une faute politique à la volonté politique du roi Orode de le marier à sa fille : son refus de se laisser obtenir entraînera sa mort. Et l'on comprend que Corneille ait d'emblée prêté à son héros une inquiétude dubitative sur la possibilité de maintenir la tension élégiaque[1].

Étude des effets

L'HÉROÏSME ÉLÉGIAQUE

On voit ainsi que la situation élégiaque permet de justifier à la fois la conduite que les deux amants tiennent l'un par rapport à l'autre, et la conduite qu'ils observent dans leurs relations avec la puissance royale. Ce qui engage d'autres conséquences dans la mesure où, chez Corneille, les modalités superficielles de l'action, en ce qui concerne les principaux personnages, s'expriment au travers des concepts d'héroïsme et de gloire : quand les héros ne se donnent

1. Dernière réplique de l'acte I (sc. 3, v. 347-348) : « Où dois-je recourir, / Ô Ciel, s'il faut toujours aimer, souffrir, mourir ? »

pas d'autre perspective qu'élégiaque, leur héroïsme consiste à tout mettre en œuvre pour maintenir, envers et contre tout, la « vie mourante » qu'ils ont choisi de mener en attendant la mort ; l'héroïsme *est dans* l'élégie. En d'autres termes, l'élégie qui permet ici l'éclosion de vers parmi les plus délicatement poétiques qu'ait jamais écrits Corneille, et, disons-le, parmi les plus « tendres », s'exprime paradoxalement sur le mode de l'héroïsme. Car c'est raillerie de considérer que Corneille a subi ici l'influence de Racine et s'est laissé séduire par — ou s'est cru obligé de céder à — l'esthétique de la tendresse.

C'est une chose de verser le sel de la galanterie sur la tragédie antique la plus révérée, *Œdipe*, lorsqu'on entre dans l'orbite de Fouquet et que, surtout, il faut adoucir une histoire dont certains détails sont jugés trop horribles par la sensibilité du milieu du XVIIe siècle ; c'est une chose aussi de rimer les vers les plus éblouissants de tendresse dans la *Psyché* de Molière, dont c'était tout l'enjeu, et quand il ne coûte rien, dans la pièce d'un autre, de montrer que l'on peut, si l'on veut bien s'en donner la peine, faire du tendre aussi bien que quiconque et y réussir mieux que qui que ce soit. Mais c'en est une autre d'écrire une tragédie qui est affirmation de soi, de la fidélité à soi, et qui ne veut rien devoir aux autres, sauf aux illustres modèles, de Sophocle à Théophile de Viau. Dans *Suréna*, l'expression élégiaque n'est ni l'effet de la mode de la *tendresse*, ni la cause de l'expression dans la pièce de cette même *tendresse*. Ici la tendresse, loin de s'exprimer sur le mode de l'abandon comme il est d'usage dans l'esthétique du tendre, se réalise précisément dans la résistance à l'abandon et aux larmes. Il est, en somme, un héroïsme tendre, celui qui refuse les larmes, et celui-là seul a droit de cité dans la tragédie cornélienne.

C'est ainsi qu'il faut comprendre le sens de « cette douloureuse et fatale tendresse » lorsqu'elle est pour la première fois énoncée dans la pièce (I, 3, v. 270). Venant après une première récusation de la tentation des larmes (« Ne me hasardez plus à des soupirs honteux », I, 3, v. 248), et succédant immédiatement à la définition de la tension élégiaque qui culmine dans le fameux trimètre « Toujours aimer, toujours souffrir, toujours mourir » (II, 3, v. 268), elle se trouve absolument circonscrite dans ce programme de souffrance héroïque qui refuse les pleurs. Corneille oblige donc ses personnages à formuler — et nous oblige à concevoir — une sorte de dialectique de l'héroïsme et de la tendresse. Nous disons bien dialectique et non alternance. Le cœur ne cesse jamais d'être habité par une tendresse (v. 1119) qui ne demanderait qu'à se manifester par un abandon aux larmes, mais un « juste et dur orgueil » (v. 1120) parvient en permanence à contrôler cette tentation. La presque totalité du débat de l'acte IV (scène 2) entre Palmis et Eurydice est destinée à définir la nature de cette tendresse héroïque, Palmis estimant pour sa part que la princesse réagirait avec moins de fermeté devant les menaces qui pèsent sur Suréna si elle avait vraiment de la tendresse (v. 1093 *sq.*).

Il y a donc en définitive deux sortes de tendresse. La tendresse héroïque, et la tendresse d'abandon, contre laquelle Suréna proteste à deux reprises, une fois devant Eurydice (V, 2, v. 1573-1575) :

> Épargnez la douleur qui me presse,
> Ne la ravalez point jusques à la tendresse,
> Et laissez-moi partir dans cette fermeté,
> Qui fait de tels jaloux et qui m'a tant coûté.

une deuxième fois devant Palmis (et sous les yeux d'Eurydice) :

> La tendresse n'est point de l'amour d'un Héros,
> Il est honteux pour lui d'écouter des sanglots,

Et parmi la douceur des plus illustres flammes,
Un peu de dureté sied bien aux grandes âmes.
(V, 3, v. 1675-1678)

Mais décidément Palmis ne respire pas à la même hauteur que le couple élégiaque, et n'est pas en mesure de comprendre, malgré toutes les leçons reçues, la vraie nature de la tendresse héroïque. De là son reproche après la mort de Suréna (V, 5) :

Quoi ! Vous causez sa perte, et n'avez point de pleurs ?
(v. 1731)

De là l'ultime leçon exprimée par la réponse d'Eurydice :

Non, je ne pleure point, Madame, mais je meurs.
(v. 1732)

Autre réponse de Corneille, sur un autre plan, aux prétentions de ses rivaux. Il est une tendresse compatible avec l'esthétique de la grandeur. Et c'est cette tendresse qui, dans sa fermeté, conduit les héros à la mort, une mort qui est à la fois le résultat de l'oppression et une délivrance. Les larmes du public seront donc seulement provoquées par le destin malheureux des héros, c'est-à-dire par le constant refus de l'étalage des larmes sur la scène même. Si la situation des personnages provoque la pitié et si le public pleure, c'est parce que le destin des héros est tragique et non parce qu'ils se plaignent de ce que leur destin est tragique.

L'ÉVOCATION HISTORIQUE

Les modifications apportées par Corneille à la donnée historique sont, on l'a vu, considérables. Toutes ces transformations nous paraissent être aujourd'hui de graves entorses à l'histoire. Elles ne l'étaient pas au XVIIe siècle, comme s'en expliquait Corneille en 1660 dans son *Discours de la tragédie* :

> Il est constant que les circonstances, ou si vous l'aimez mieux, les moyens de parvenir à l'action demeurent en notre pouvoir. L'Histoire souvent ne les marque pas, ou en rapporte si peu qu'il est besoin d'y suppléer pour remplir le poème : et même il y a quelque apparence de présumer que la mémoire de l'auditeur qui les aura lues autrefois, ne s'y sera pas si fort attachée, qu'il s'aperçoive assez du changement que nous y aurons fait pour nous accuser de mensonge ; ce qu'il ne manquerait pas de faire s'il voyait que nous changeassions l'action principale. Cette falsification serait cause qu'il n'ajouterait aucune foi à tout le reste ; comme au contraire il croit aisément tout ce reste, quand il le voit servir d'acheminement à l'effet qu'il sait véritable, et dont l'histoire lui a laissé une plus forte impression[1].

Pourvu que « l'action principale » — et même seulement « l'effet » de cette action principale, c'est-à-dire le dénouement — soit fidèle à l'histoire, tout le reste — « les circonstances » qui conduisent à ce dénouement — peut être transformé. En somme, les modifications historiques relèvent du principe qu'il faut combler les « trous de l'histoire » pour construire une intrigue cohérente et pour adapter le sujet au goût des contemporains.

D'ailleurs Corneille s'était permis des entorses bien plus importantes dans la plupart de ses tragédies précédentes. Ainsi le sujet de *Sertorius* ne lui ayant pas fourni de personnage féminin, il avait, dit-il dans la préface, « été obligé de recourir à l'invention pour en introduire deux », précisant en guise de justification qu'elles étaient toutes deux « assez compatibles [...] avec les vérités historiques à qui [il s'était] attaché ». En somme, cette « compatibilité » d'un personnage

1. Éd. cit., vol. III, p. 159. Il développe ici ce qu'il expliquait déjà en 1647 dans la préface de *Rodogune* : « j'ai cru que, pourvu que nous conservassions les effets de l'Histoire, toutes les circonstances, ou, comme je viens de les nommer, les acheminements, étaient en notre pouvoir... » (vol. II, p. 197).

imaginaire avec l'histoire assure son caractère historique, et, sur ce plan, il n'y a guère de différence entre inventer de toutes pièces un personnage, comme dans *Sertorius*, et donner corps à un personnage dont l'histoire n'a guère mentionné que l'existence, ce qui est le cas d'Eurydice dans *Suréna*. C'était déjà le cas, sous une autre forme, de la femme d'Horace et de la fiancée de Cinna : tout était d'invention, hormis le nom. De cette invention précisément Corneille avait été loué par la plus grande autorité littéraire de la première moitié du XVIIe siècle, Guez de Balzac : « Quand vous trouvez du vide, vous le remplissez d'un chef-d'œuvre, et je prends garde que ce que vous prêtez à l'Histoire est toujours meilleur que ce que vous empruntez d'elle. La femme d'Horace, et la maîtresse de Cinna, qui sont vos deux véritables enfantements, et les deux pures créations de votre esprit, ne sont-elles pas aussi les principaux ornements de vos deux Poèmes[1] ? »

Ce jeu de transformation de l'histoire n'empêchait pourtant pas Corneille d'être considéré au XVIIe siècle, à peu près seul entre tous ses confrères, comme un véritable « historien ». Car pour lui, la tragédie ne doit pas seulement prendre ses sujets dans l'histoire : la tragédie doit « imiter » l'histoire, c'est-à-dire notamment évoquer le comportement des personnages historiques, au lieu de leur faire imiter le comportement des Français du XVIIe siècle. Les théoriciens et la plupart de ses confrères pensaient au contraire qu'il ne fallait pas « reproduire » ce qui a eu lieu, mais faire agir les personnages comme s'ils agissaient *ici et maintenant*. D'où ces Romains et ces Grecs doucereux et galants, comme des héros de salon du XVIIe siècle français, que l'on rencontre dans les tragédies d'un Quinault et même dans *Alexandre le Grand* de Racine. Certes, avec le recul, nous pouvons trouver les

1. Lettre de Guez de Balzac à Pierre Corneille (17 janvier 1643).

Romains ou les Parthes de Corneille bien français eux aussi. Mais, aux yeux de ses contemporains, les Romains de Corneille étaient différents des autres Romains de théâtre.

Néanmoins, tout « historien » qu'il est, Corneille est aussi poète ; et comme il est poète, il peint ses personnages historiques en les « embellissant ». C'est ce que disait Balzac dans sa lettre sur *Cinna* : « Si [Cinna] même a plus de vertu que n'a cru Sénèque, c'est pour être tombé entre vos mains, et à cause que vous avez pris soin de lui. Il vous est obligé de son mérite, comme à Auguste de sa dignité. L'Empereur le fit consul, et vous l'avez fait honnête homme ; mais vous l'avez pu faire par les lois d'un art qui polit et orne la vérité ; qui permet de favoriser en imitant ; qui quelquefois se propose le semblable, et quelquefois le meilleur. » Car Corneille, quoi qu'en disent ses adversaires, est sensible lui aussi à la question des bienséances. Il ne livre pas les héros de l'antiquité de façon brute : il les adapte de telle sorte que son public français puisse les accepter.

Telle est la subtile dialectique reproduction-adaptation à laquelle Corneille s'est à nouveau livré dans *Suréna*. Sur le plan du traitement de l'histoire, on constate que tout ce qui entoure les héros relève du principe de fidélité : l'évocation historico-politique des conflits entre Romains, Parthes et Arméniens au commencement de la tragédie ; ce roi oriental qui se retrouvera au dénouement les mains tachées par le sang du héros ; ce meurtre même accompli par la surprise d'une flèche parthe anonyme ; l'atmosphère constamment dangereuse d'une cour dont on se cache... Le roi Orode a sur les mains le sang du héros, non seulement du fait de la logique infernale du pouvoir absolu imaginée par Corneille — point de vue politique —, mais aussi parce qu'il était un Parthe de l'époque de Jésus-Christ — perspective historique. Corneille, pour son temps, a su suggérer ce que ses admirateurs devaient considérer comme un véritable orientalisme.

Reste le personnage même de Suréna. Notons en premier lieu que rien dans sa situation politique ne s'oppose à l'histoire. Tout au long de la pièce, il apparaît bien comme le vainqueur de l'armée romaine de Crassus qui fait ombrage à son propre souverain. Sa puissance n'a rien à envier au Suréna historique. Partout suggérée, elle est concrétisée par le rappel de sa fonction de faiseur de traité, ainsi que par l'évocation de ces « dix mille âmes » qu'il traîne partout à sa suite (III, 2, v. 896). Nul doute que, une nouvelle fois, les amateurs du théâtre de Corneille ont dû admirer son art à suggérer le particulier de l'histoire. Mais, en contrepartie, Suréna, le cruel Suréna, à l'apparence efféminée [1], paraît-il donc trop galant ? Imagine-t-on le Suréna historique, traînant partout son armée de concubines, s'écrier : « Où dois-je recourir / Ô Ciel, s'il faut toujours aimer, souffrir, mourir » (v. 347-348) ? Suréna est galant, certes, par ces raisons littéraires qui font perdurer tout au long du XVIIe siècle la tradition du héros courtois et le mythe pastoral. Mais les contemporains ne réfléchissaient pas selon les mêmes termes : ils ne jugeaient pas en fonction de l'existence d'un imaginaire pastoral, comme fera l'histoire littéraire de notre temps. Nul doute qu'à leurs yeux, Suréna ne devait pas paraître moins historique que trente ans plus tôt Cinna. Pour paraphraser Balzac, on estimera que Corneille a fait Suréna « honnête homme », « par les lois d'un art qui polit et orne la vérité ». Devenu honnête homme, Suréna ne cessait

---

1. « Suréna [...] était le plus bel homme et le plus grand de tout son ost, et estimé aussi hardi et aussi vaillant de sa personne qu'il y en eut point, encore que la délicatesse de sa beauté qui tenait un peu de l'efféminé, ne promit pas une telle fermeté de courage, pour ce qu'il se fardait le visage, et portait les cheveux mépartis en grue à la guise des Médois, combien que les autres Parthes laissassent encore croître leurs cheveux à la mode des Tartares, sans les agencer ni peigner aucunement, pour en être plus effroyables à voir à leurs ennemis » (Plutarque).

pas pour autant d'être historique. Corneille lui-même dit-il autre chose dans son laconique avis au lecteur de 1675 ? « [Plutarque et Appian Alexandrin] disent tous deux que Suréna était le plus noble, le plus riche, le mieux fait, et le plus vaillant des Parthes. Avec ses qualités, il ne pouvait manquer d'être un des premiers Hommes de son Siècle, et si je ne m'abuse, la peinture que j'en ai faite ne l'a point rendu méconnaissable. Vous en jugerez. »

Structure externe de la tragédie

VERS, SCÈNES, ACTES

Tous les lecteurs de *Suréna* sont frappés par l'extrême simplicité de la tragédie. Pour un nombre de vers parfaitement conforme à l'usage moyen de l'époque — 1738 vers —, la pièce ne comprend que dix-huit scènes, ce qui est exceptionnel. À titre de comparaison, *Cinna* en comporte vingt, *Sertorius* vingt et une, *Tite et Bérénice* et *Pulchérie* vingt-cinq. Simplicité racinienne ? Les quatre pièces de Racine qui dépassent 1700 vers oscillent entre trente-trois et trente-six scènes [1]. On met volontiers cette simplicité au compte du nombre réduit de personnages, deux couples d'amoureux et le roi, deux confidents qui n'ont pas d'existence autonome, mais, en fait, cela n'explique rien : il est toujours loisible à un auteur de théâtre de distribuer les rencontres entre cinq personnages principaux de telle sorte que leurs entrées et leurs sorties soient multipliées ; *Andromaque*, et ses quatre personnages, et surtout *Bérénice*, qui organise ses 1506 vers autour de trois personnages principaux

1. *Britannicus* : 1758 vers pour 33 scènes, *Bajazet* : 1748 vers pour 36 scènes, *Iphigénie* : 1792 vers pour 35 scènes, *Athalie* : 1816 vers pour 35 scènes. Même ses pièces les plus courtes descendent rarement en dessous de 28 scènes.

seulement, ne comprennent pas moins de 28 scènes. La simplicité extérieure de *Suréna* tient donc à l'organisation des relations entre les personnages, c'est-à-dire à la conception même de l'action.

Si l'on considère par ailleurs, en jouant sur les différents sens du mot action au théâtre, que cette action est dénuée d'actions mouvementées — ni entrée soudaine, ni fuite, ni accès de colère, ni esquisse de geste violent —, et que la quasi-totalité des scènes sont, du fait de leur petit nombre, particulièrement longues (près de cent vers chacune en moyenne), on peut se sentir autorisé à conclure au caractère statique de l'ensemble de la tragédie. Mais il ne faut pas confondre l'aspect hiératique et cérémoniel qu'on relève dans les meilleures tragédies françaises de la deuxième moitié du XVIIe siècle avec une quelconque immobilité de l'action. En ce qui concerne *Suréna*, ce serait négliger la nature même des longues scènes dont la pièce est faite : *Suréna* ne comporte ni récit (sauf l'indispensable récit d'exposition au début du premier acte), ni longue tirade prononcée par un personnage devant un confident silencieux, ni monologue ; à peine compte-t-on une scène de délibération (III, 1), et cette scène, qui décide du sort du héros, fait basculer toute la pièce et précipite l'action vers son dénouement tragique. *Suréna* est donc une pièce parfaitement rythmée, mais d'un rythme paradoxal. Ce rythme paradoxal tient au fait que, au travers d'une série de dialogues qui n'engagent jamais plus de deux personnages à la fois, la situation ne cesse pas un seul instant d'évoluer : les dialogues sont toujours de véritables débats d'action. En cela cette tragédie constitue l'une des plus hautes réalisations de l'esthétique théâtrale classique, dans laquelle, disent les théoriciens de l'époque, « le verbe *est* l'action ».

Il importe enfin d'apprécier la répartition de ces dix-huit scènes, qui contribue aussi à assurer le rythme de la pièce. Si les trois premiers actes comportent trois scènes chacun, si les deux derniers présentent eux aussi trois scènes majeures, la progression n'en est pas moins très nette : quatre scènes pour le quatrième acte ; cinq scènes pour le cinquième acte. Dès lors que les menaces contre le héros se précisent avant de se concrétiser, les courtes scènes d'information (IV, 1 et V, 5) ou de décision (V, 4) se multiplient, le dénouement lui-même (V, 5) étant constitué par un récit rapide de la mort de Suréna.

S'élever de la structure des scènes à la structure des actes fait découvrir que la composition d'ensemble repose sur une étonnante recherche de symétrie. Le premier et le dernier acte sont dominés de manière écrasante par Eurydice : ce sont les deux actes dans lesquels elle ne quitte jamais la scène et possède son plus fort temps de parole. Bien plus, les trois scènes de l'acte I et les trois dernières scènes de l'acte V, construits de manière inversée — en I, 1 Suréna n'est pas encore entré en scène ; en V, 5 il vient de la quitter —, pourraient être nommées « scènes de femmes avec Suréna ». Loin d'être purement formelle, la symétrie souligne les différences entre le point de départ et le point d'aboutissement de la tragédie : entre les deux moments, on est passé de l'évocation des amours impossibles à l'évocation et à l'annonce de la mort ; autrement dit, d'une situation sans espoir à une situation désespérée.

Les actes II et IV présentent le même jeu de symétrie. L'un et l'autre sont centrés sur le prince Pacorus, absent des trois autres actes, et reposent encore une fois sur le principe de la construction inversée : les deux premières scènes de l'acte II présentent la succession de dialogues Pacorus-Suréna puis Pacorus-Eurydice, et les deux dernières scènes de l'acte IV présentent la succession Pacorus-Eurydice puis Pacorus-Suréna. Si ce qui anime le prince héritier est dans les deux cas la jalousie, les enjeux ne sont plus les mêmes : on est passé de la quête du secret à la menace contre les amants devinés.

Une construction symétrique aussi sophistiquée n'a de légitimité que si elle s'articule autour d'un axe qui lui donne pleinement son sens. Au sommet de la pyramide se tient en effet l'acte III qui se caractérise par la présence constante du roi, par l'absence de l'héroïne et du prince héritier, et, en son point exact d'équilibre, la scène centrale — qui est de ce fait la scène centrale de toute la pièce —, constituée par la rencontre capitale entre le héros et son roi. C'est l'acte de la politique, d'où en apparence (et l'absence d'Eurydice le souligne) toute considération amoureuse est exclue. Cette exclusion de l'amour ne fait pas cependant de l'acte III un acte de pure réflexion politique : on est loin de l'acte II de *Cinna* où la réflexion politique n'est pas loin de l'emporter sur l'enjeu dramatique. Toute la discussion ici porte sur l'attitude de Suréna, et l'on sait que son attitude politique est conditionnée par les sentiments amoureux qu'il garde secrets. Dès lors on saisit parfaitement comment tout est organisé autour de ce moment central, et, partant, comment politique et amour sont profondément imbriqués. Jusqu'à l'acte III, le traité entre les Parthes et le roi d'Arménie (qui donne Eurydice à Pacorus), l'inégalité de rang entre les deux amants, et l'amour insatisfait de Pacorus rendaient l'accomplissement des vœux secrets d'Eurydice et de Suréna impossible. Après l'acte III, la raison d'État s'ajoute à ces trois facteurs et rend la poursuite même de l'amour impossible.

De là l'arrivée inéluctable, à partir de cet acte III, de la mort effective des héros. Car les vœux impossibles, c'est-à-dire l'amour sans espoir, aboutissaient au fameux « toujours aimer, toujours souffrir, toujours mourir », ce qui était une manière de vivre (« toujours »). La vie sans amour qu'on veut leur imposer ensuite, c'est la non-vie. Il n'y a plus de place ne serait-ce que pour un « toujours mourir ». Il ne reste que « mourir ».

RÉPARTITION ET IMPORTANCE DES PERSONNAGES

Il peut paraître surprenant que dans une pièce dont le sujet est la mort de Suréna le rôle principal soit celui d'EURYDICE. Sa domination est écrasante à tous points de vue, aussi bien au plan de la présence en scène qu'au plan du temps de parole : présente dans douze scènes sur dix-huit et prononçant cinq cent soixante-deux vers, elle possède un rôle qui est le double de celui de Suréna[1]. Même Palmis, pourtant le seul personnage qui apparaît dans chacun des cinq actes, n'occupe quantitativement le second rang qu'en dépassant à peine Suréna en présence et en paroles[2]. Un rôle aussi écrasant que celui d'Eurydice conduit à se demander pourquoi Corneille n'a pas donné son nom à la pièce. Mais la question n'a jamais dû se poser en ces termes pour lui : auteur de tragédies historiques, Corneille ne pouvait songer à donner à sa dernière pièce historique le nom d'un personnage imaginaire, tout « compatible avec l'histoire » qu'il peut être par ailleurs.

Personnage imaginaire, Eurydice peut donc porter sur elle tout le poids du versant amoureux de la tragédie française. Nous avons déjà noté qu'elle était exclue de l'acte III, l'acte de la politique. Il convient d'y revenir. Les paroles par lesquelles elle refuse à Palmis d'épouser Pacorus, même pour sauver Suréna, résume tout le personnage : « Mon amour est trop fort pour cette Politique, / Tout entier on l'a vu, tout entier il s'explique » (IV, 2, v. 1129-1130). Eurydice — dont le nom n'a pas été choisi au hasard par Corneille, nous l'avons vu — est l'incarnation de l'amour, d'un amour pur qui refuse toute compromission avec

1. 290 vers en six scènes. 2. 298 vers en sept scènes.

la politique. De là son attitude apparemment paradoxale, qui lui fait interdire à Suréna d'épouser toute autre femme que celle qu'elle lui aura choisie. On peut y voir orgueil cornélien, jalousie féminine. Il s'agit en fait, dans son souci de préserver la vie de celui qu'elle aime et d'assurer la perpétuation de sa race glorieuse, de lui interdire seulement un mariage politique avec la fille du roi. Elle ne préservera la pureté de leur amour qu'en donnant elle-même son amant à une autre (comme l'Infante avait « donné » Rodrigue à Chimène). Et lorsqu'il lui faudra malgré tout user d'arguments politiques pour différer son propre mariage (IV, 3 face à Pacorus et V, 1 face à Orode), ce ne sera que sous l'effet de la nécessité de trouver des expédients pour sauver la vie de Suréna. Mais qu'elle soit ainsi l'incarnation de la sphère de l'amour et l'exclue de la sphère de la politique ne permet guère de comprendre comment Corneille, dans une pièce aussi politique, a pu lui donner le premier rôle. Ce paradoxe éclaire en fait une autre caractéristique majeure de cette tragédie : elle est la pièce la plus élégiaque de Corneille, sans pour autant cesser d'être une pièce politique. Cette étonnante caractéristique, elle le doit précisément à Eurydice, dont l'essentiel du temps de parole est dévolu à l'évocation de son parfait et triste amour ou à la préservation envers et contre tout de cet amour impossible.

Réfléchir sur la place d'Eurydice, c'est aussi s'interroger sur SURÉNA et sur le sens de la différence entre les deux rôles. Pourquoi le personnage éponyme apparaît-il si peu et parle-t-il si peu ? La question est essentielle parce que cette « rareté » est doublement soulignée tout au long de la pièce : en premier lieu par le contraste entre son rôle et celui d'Eurydice ; en second lieu par le contraste entre son rôle et sa place dans la tragédie. On ne parle, en effet, que de lui dans les scènes dont il est absent, soit directement (I, 1 et 2 ; III, 1, par exemple), soit indirectement (à l'acte II, il est l'objet mystérieux des interrogatoires de Pacorus). Personnage rare, objet de presque toutes les discussions des autres personnages, soumis à la volonté de celle qu'il aime, refusant de choisir face aux injonctions de son roi, quittant la scène pour courir, en pleine connaissance de cause, à la mort, il est le type même du héros passif. Symbolise-t-il pour autant un quelconque effondrement de l'héroïsme cornélien ? Suréna est certes aux antipodes de Rodrigue, mais la différence réside dans les circonstances et dans le regard porté sur le monde ; elle ne réside nullement dans l'opinion que le héros a de soi, qui constitue l'essence de l'héroïsme cornélien. Chez Suréna, nous l'avons vu, passivité et renoncement aux biens du monde ne signifient en rien renoncement à soi.

La répartition dans la pièce de l'autre couple d'amoureux est tout aussi significative. En premier lieu, il ne s'agit qu'en apparence d'un couple d'amoureux. Ils ne sont tels que parce que la pièce repose sur la structure de la chaîne amoureuse issue de la pastorale (Palmis aime Pacorus qui aime Eurydice qui aime, et est aimée par Suréna). Si la pièce repose bien sur ce schéma d'action, le premier maillon de la chaîne n'a, en fait, aucun rôle effectif. PALMIS et Pacorus ne se rencontrent, en effet, qu'une fois (II, 3), et leur amour, s'il est évoqué par Palmis au début de la pièce (I, 2), est renvoyé dans le passé ; lors de leur rencontre, Pacorus ne parle d'amour que pour forcer Palmis à révéler le nom de l'amant d'Eurydice. Par là, le rôle de la sœur de Suréna est ambigu : seul personnage à être présent dans tous les actes, oscillant entre la sphère de l'amour (I et II) et la sphère du politique (III), elle assume moins son rôle initial de princesse amoureuse et abandonnée qu'elle n'assure la liaison entre les deux sphères, devenant tour à tour confidente, porte-parole, conseillère, avant de s'incarner pour finir en héroïne de la vengeance.

De son côté, PACORUS est absent des actes I, III et V. Ces absences donnent tout son sens au personnage. Devenu amoureux d'Eurydice après qu'elle a donné son cœur à Suréna, prince volage qui a tourné le dos à celle qu'il aimait, il est l'exclu de l'acte de l'expression de la nostalgie amoureuse et du parfait amour (I). N'agissant pas par politique (ou ne mettant la menace politique qu'au service de sa passion amoureuse et de sa jalousie), il est l'exclu de l'acte des enjeux politiques (III) et de l'acte de la tragédie (V). Toujours exclu, honteux devant celle qui l'aime, bafoué par celle qu'il aime, trompé par son rival, il a tous les traits de ces amoureux éconduits de la pastorale dont il occupe l'exacte position dans la chaîne amoureuse ; et il serait bien près de n'être qu'un personnage de comédie pastorale, et même de comédie tout court, s'il n'était prince héritier, et prince héritier de tragédie. Par là, il détient une parcelle du pouvoir politique, celle qui lui permet d'exiger des aveux ; par là surtout il fait changer de statut Suréna : face à un prince héritier, celui-ci n'est pas seulement un rival, il est un rebelle (« Un Sujet qui se voit le rival de son Maître / [...] Ne pousse aucun soupir sans faire un attentat », IV, 4, v. 1329-1331). Ainsi, tout laisse entendre que c'est lui qui donnera l'ordre de faire périr Suréna.

Quant au roi ORODE, extérieur au quadrille amoureux, unique détenteur du pouvoir politique, et pour qui les deux couples de jeunes gens ne sont que les pions d'une politique matrimoniale destinée à assurer son pouvoir, il n'apparaît que dans l'acte III, où sa présence est continue, et à la scène 1 du dernier acte. Incarnation de la politique, Orode n'interfère pas dans la sphère amoureuse. Lors de son unique rencontre avec la représentante de l'entité opposée, Eurydice (V, 1), il souligne bien qu'il se désintéresse des sentiments amoureux eux-mêmes, pourvu qu'ils ne gênent pas sa volonté politique : « Il me faut un

Hymen » (v. 1497). En même temps, il récuse l'interférence, imposée par Eurydice, de la sphère amoureuse dans la sphère politique : « Mais, Madame, est-ce à vous d'être si Politique ? », ironise-t-il (I, 5, v. 1453). L'amour réclame des délais que la politique ne tolère pas. De là cette réapparition au début du dernier acte de l'incarnation impatiente de l'absolutisme royal ; de là sa rencontre à ce moment avec l'incarnation de l'amour : l'amour doit se soumettre ou être balayé par les nécessités de la raison d'État.

REPÈRES CHRONOLOGIQUES

1602. — Pierre Corneille, maître des Eaux et Forêts de la vicomté de Rouen, épouse Marthe Le Pesant, fille d'un avocat rouennais.

1606. *6 juin.* — Naissance à Rouen de Pierre Corneille, aîné de cinq frères et sœurs. Parmi eux, Thomas (1625-1709), un des plus célèbres dramaturges de la deuxième moitié du siècle, et Marthe, mère de Fontenelle.

1615-1622. — Études au collège des Jésuites de Rouen. Plusieurs prix de vers latin. Premier amour (Catherine Hue) et premiers vers.

1624. — Licence en droit ; avocat stagiaire au parlement de Rouen.

1628. — Son père lui achète deux charges d'avocat du Roi : au siège des Eaux et Forêts, et à l'amirauté de France, modestes charges d'administration et de police et non de plaidoirie.

1629. *16 février.* — Il prend ses fonctions.
Hiver 1629-1630. — Mélite, première comédie, est confiée à la troupe dirigée par Montdory et Le Noir qui s'installe alors à Paris. « Le succès en fut surprenant. Il établit une nouvelle troupe de comédiens à Paris [...] ; il égala tout ce qui s'était

fait de plus beau jusqu'alors, et me fit connaître à la Cour. »

1630. — *Clitandre*, tragi-comédie, est créée par le Marais à une date inconnue de la saison théâtrale 1630-1631.

1631 à 1634. — Quatre comédies se succèdent à des dates inconnues, probablement à raison d'une pièce par saison théâtrale : *La Veuve, La Galerie du Palais, La Suivante, La Place royale.* Elles sont représentées par la troupe de Montdory, qui est en train de s'imposer comme la meilleure des deux troupes de la capitale.

1634 *Mars.* — Publication de *La Veuve.* En tête, un important Avis au lecteur, où Corneille définit son esthétique.
La troupe de Montdory s'installe définitivement dans un jeu de paume du quartier du Marais, rue Vieille-du-Temple. Jusqu'en 1647, Corneille donne toutes ses pièces au « Marais ».

1635 *4 mars.* — Création devant la reine de *La Comédie des Tuileries*, écrite sous le patronage de Richelieu, et sur une intrigue inventée par Chapelain, par cinq auteurs, dont Corneille, qui ont eu un mois pour rédiger un acte chacun.
Médée, première tragédie (date exacte inconnue).

1636. — (ou 1635) *L'Illusion comique*, sixième comédie de Corneille : éblouissante expérience théâtrale qu'il qualifiera modestement d'« étrange monstre ».

1637. — *Deuxième semaine de janvier. Le Cid*, deuxième tragi-comédie de Corneille. Succès triomphal. Montdory joue Rodrigue. Publication exceptionnellement rapide (*fin mars*).
27 janvier. — Lettres de noblesse accordées au père de Corneille.

20 février. — *Excuse à Ariste*, hautaine affirmation de l'indépendance de Corneille et de son magistère théâtral, une des causes des prochaines attaques de certains de ses confrères contre *Le Cid*.
22 février. — Troisième pièce des « Cinq Auteurs », sous le patronage de Richelieu : *L'Aveugle de Smyrne*, tragi-comédie ; Corneille ne paraît pas y avoir participé, mais on l'a laissé croire.
Début avril. — Commencement de la querelle du *Cid* (Mairet : *Le Vrai Cid espagnol* et Scudéry : *Observations sur le Cid*).
Décembre. — Fin de la querelle avec la publication des *Sentiments de l'Académie Française* sur le *Cid* ; condamnation de la pièce dans son ensemble, mais éloge de ses beautés ponctuelles. Richelieu ayant hautement approuvé ce texte, Corneille renonce à répliquer.

1638 *Octobre.* — Dédoublement de l'office d'avocat du Roi à la Table de marbre : les revenus de sa charge étant ainsi diminués de moitié, Corneille proteste, vainement.

1639 *Janvier.* — De passage à Paris, Corneille donne toujours l'impression d'être découragé par la condamnation de l'Académie (lettre de Chapelain à Balzac).
12 février. — Mort de son père. Il devient tuteur de ses frères et sœurs encore mineurs (Marthe et Thomas).
Mars. — Publication de *Médée* et de *L'Illusion comique*.

1640 *Février.* — Corneille soumet *Horace*, sa première tragédie romaine, à l'approbation d'un comité de critiques, parmi lesquels les deux plus importants théoriciens du théâtre du XVIIe siècle, Chapelain et

l'abbé d'Aubignac. Mais il refuse de suivre leurs conseils en modifiant ses deux derniers actes.
Mai. — *Horace* est donné au théâtre du Marais : succès public, mais réserves doctorales. Il est probable que Josias de Soulas, dit Floridor, entré dans la troupe du Marais vers 1638 pour pallier la retraite forcée de Montdory, ait créé le rôle-titre.

1641 *15 janvier.* — Publication d'*Horace* dédié à Richelieu. Il parle dans son Épître de « ce changement visible qu'on remarque en mes ouvrages depuis que j'ai l'honneur d'être à Votre Eminence ».
Mars ou début avril. — Mariage avec Marie de Lampérière, fille du lieutenant particulier des Andelys, qui a onze ans de moins que lui. Ils auront six enfants. Le neveu Fontenelle laissera entendre que ce fut un mariage d'amour et que le père ne s'était résigné au mariage de sa fille avec Corneille que sur l'intervention de Richelieu. Le jour même de son mariage une « péripneumonie » le terrassa et à Paris l'on crut à sa mort.

1642 *10 janvier.* — Baptême de Marie, premier enfant de Corneille.
Fin du printemps (?). — Création de *Cinna ou la Clémence d'Auguste*, tragédie, « qui donne de l'admiration à tout le monde » (lettre d'un contemporain, datée du 12 septembre). Floridor, qui dirige le Marais depuis Pâques, s'affirme comme le meilleur acteur tragique de son temps.
1er août. — Corneille prend un privilège à son nom pour *Cinna*, ce qui est exceptionnel et témoigne de son souci d'assurer ses droits littéraires.
Avant décembre, une lecture de *Polyeucte* est faite devant Richelieu.
4 décembre. — Mort de Richelieu. Corneille rédige un quatrain à cette occasion : « Qu'on parle mal ou bien du fameux Cardinal, / Ma prose ni mes

vers n'en diront jamais rien : / Il m'a fait trop de bien pour en dire du mal, / Il m'a fait trop de mal pour en dire du bien. »

1643 *Janvier (?).* — Polyeucte martyr, tragédie chrétienne. Grand succès, mais, quoique Corneille ne fasse que s'inscrire dans la tradition de la « comédie de dévotion », des réticences dans certains milieux devant « le christianisme mis sur la scène ».

Janvier-février. — Deux lettres de Balzac à Corneille après l'envoi de *Cinna* (publié seulement à la fin de janvier). Il le traite d'égal à égal et le qualifie de Sophocle : Corneille est définitivement consacré comme le plus grand écrivain de théâtre de son temps.

14 mai. — Mort de Louis XIII. Avènement de Louis XIV, qui a cinq ans : la régence d'Anne d'Autriche commence.

Corneille écrit un sonnet *Sur la mort du Roi Louis XIII*, qui restera manuscrit jusqu'au XVIIIe siècle : avec une froide violence, il accuse le monarque défunt de s'être laissé tyrannisé par Richelieu (« Et bien qu'il fût en soi le plus juste des rois, / Son règne fut pourtant celui de l'injustice »). La mort du roi, six mois après son ministre, a frappé les imaginations. On accusa Richelieu d'avoir fait administrer à Louis XIII un poison lent, et Corneille s'en fait l'écho : « Son tyran et le nôtre à peine perd le jour, / Que jusque dans la tombe il le force à le suivre. »

7 septembre. — Baptême du second enfant de Corneille, son premier fils : comme tous les aînés des Corneille, on l'appelle Pierre.

Novembre ou décembre. — Créations successives de *La Mort de Pompée*, tragédie, et du *Menteur*, comédie.

Vers la fin de l'année, il publie une plaquette, *Remerciement à Monseigneur l'Eminentissime Cardi-*

nal Mazarin : Louis XIII, au lendemain de la mort de Richelieu, avait supprimé toutes les gratifications aux écrivains ; Mazarin vient d'en rétablir quelques-unes, et Corneille est l'un des rares élus.

1644 *14 janvier.* — Un incendie ravage le théâtre du Marais, qui ne rouvrira que neuf mois plus tard avec la plus belle salle de Paris.
12 août. — Échec de sa première candidature à l'Académie Française.
Octobre. — Ouverture du nouveau théâtre du Marais. Corneille a dû à cette occasion donner ses deux nouvelles pièces à Floridor.
La Suite du Menteur, comédie, au succès médiocre, et *Rodogune, princesse des Parthes*, tragédie (la pièce préférée de Corneille), s'enchaînent très rapidement. Succès triomphal de *Rodogune.*

1645 (ou 1646). — Naissance de François, deuxième fils de Corneille.

1646 *Printemps.* — Théodore, vierge et martyre, deuxième tragédie chrétienne de Corneille : échec.
21 novembre. — Deuxième échec à l'Académie Française. Du Ryer a eu la préférence parce qu'il réside à Paris.
Décembre (?). — *Héraclius*, tragédie : grand succès. La pièce restera l'une des préférées de Corneille.

1647 *22 janvier.* — Corneille est reçu à l'Académie Française.
31 janvier. — Publication de *Rodogune.*
Avril. — Floridor passe au théâtre de l'Hôtel de Bourgogne. Corneille suit son interprète préféré, après dix-huit ans de fidélité au Marais. Ce théâtre, qui faisait jusqu'alors au moins jeu égal avec l'Hôtel de Bourgogne, ne s'en remettra jamais.
28 juin. — Publication d'*Héraclius*, dédié au chan-

celier Séguier, second personnage politique du royaume après Mazarin, mécène et protecteur de l'Académie Française.
Mazarin, qui vient de faire jouer pour le carnaval un fastueux opéra italien, *Orfeo*, et qui paraît soucieux d'amortir les très coûteux décors du machiniste Torelli et de calmer les protestations nationalistes, charge Corneille de composer une tragédie à machines, *Andromède et Persée*, tandis que Torelli doit ajuster pour elle les décors d'*Orfeo*. Tout paraît prêt pour décembre, mais une maladie de Louis XIV fait ajourner le projet.

1648 *13 mai.* — Début de la Fronde. La saison théâtrale 1648-1649, qui vient à peine de commencer, sera souvent perturbée. *Andromède* est reportée *sine die*.

1649 *6 mars.* — Corneille écrit une lettre de remerciement à Constantin Huyghens, à la fois lettré renommé et conseiller du Prince d'Orange : il regrette de ne pouvoir lui envoyer une nouvelle pièce de théâtre : « Les désordres de notre France ne me l'ont pas permis, et ont resserré dans mon cabinet ce que je me préparais à lui donner ».
22 mai. — Parution des *Triomphes de Louis le Juste*, magnifique ouvrage in-folio, pour lequel Louis XIV (c'est-à-dire Mazarin) avait commandé à Corneille en octobre 1645 vingt « épigrammes » destinées à être imprimées au bas des gravures (de Valdor) représentant les grands événements du règne de Louis XIII.
Décembre (?). — *Don Sanche d'Aragon*, comédie héroïque, créée très probablement par son ami Floridor à l'Hôtel de Bourgogne. Mais la période est mal choisie, Paris est encore très troublée : « le refus d'un illustre suffrage » (probablement Condé qui a cru y lire une apologie de Mazarin) fait tomber la pièce.

1650 *Janvier.* — Andromède, tragédie à machines, est enfin jouée avec grand éclat dans la salle du Petit-Bourbon (aménagée spécialement pour recevoir les machines).

18 janvier. — Arrestation des Princes (Condé, Conti, et le duc de Longueville).

12 février. — La Cour est à Rouen, que Mme de Longueville a tenté de soulever. Le Roi nomme Corneille (« dont la fidélité et affection nous sont connues ») à la place du procureur général des États de Normandie, favorable aux frondeurs.

18 mars. — Corneille vend ses charges d'avocat, incompatibles avec sa nouvelle fonction.

5 juillet. — Thomas Corneille épouse Marguerite de Lampérière, la jeune sœur de Marie, femme de Pierre. Les deux ménages vivront dans la même maison.

Naissance au cours de l'année de Marguerite, son quatrième enfant.

1651 *13 février.* — Libération des princes et exil de Mazarin.

Nicomède, tragédie, représentée immédiatement après la libération de Condé, est un triomphe : l'actualité y fait voir une pièce pro-condéenne.

13 mars. — À la faveur de la réaction anti-mazarine, le procureur général des États de Normandie reprend ses fonctions. Corneille se retrouve sans charges officielles.

15 novembre. — Publication de sa traduction en vers français des vingt premiers chapitres du premier livre de l'*Imitation de Jésus-Christ*. Le succès est considérable. Au total, cette traduction, dont la publication va s'échelonner jusqu'en 1656, sera une excellente affaire commerciale (les éditions ne cesseront de se succéder jusqu'en 1670).

Fin de l'automne. — *Pertharite*, tragédie : échec.

1653. — (ou 1652 ?) Mort de sa mère et naissance de Charles, son cinquième enfant.
24 mars. — Publication par le libraire de Sercy du premier volume, d'une série de cinq, de *Poésies choisies*, réunissant des textes d'une vingtaine d'auteurs, dont Corneille.
30 avril. — Publication de *Pertharite* : Corneille annonce qu'il renonce au théâtre.

1655. — Naissance de Madeleine, sixième enfant de Corneille.
25 mai. — Le savant Conrart écrit à Constantin Huyghens, qui se plaignait du silence de Corneille, que pour s'être « jeté dans des compositions pieuses », il n'écrit plus à personne.

1656. — Naissance de Thomas, son dernier enfant.
31 mars. — Publication de la traduction complète de l'*Imitation*, dédiée au pape Alexandre VII.
4 juillet. — Un Rouennais écrit à un correspondant parisien que Corneille travaille à une tragédie à machines intitulée *La Conquête de la Toison d'or*, commandée par le marquis de Sourdéac qui veut la faire jouer chez lui, dans son château du Neubourg.
Décembre. — *Timocrate*, tragédie (romanesque) de son frère Thomas, est créée au Marais. C'est le plus grand succès théâtral du XVIIe siècle. Le genre de la tragédie, absent des affiches depuis cinq ans, est relancé.

1657. — Publication de *La Pratique du théâtre* de l'abbé d'Aubignac. Corneille y est constamment cité et montré comme le premier poète de son temps, mais aussi critiqué sur certains points touchant à la vraisemblance et à la régularité de ses œuvres. Il répondra en 1660 dans ses *Discours*.
Mort de son frère Antoine Corneille, curé de Fréville.

1658. — Du printemps à l'automne, Molière et sa troupe séjournent à Rouen, préparant leur installation à Paris. Pierre et Thomas Corneille font une cour poétique à la comédienne Marquise Du Parc : leurs vers paraîtront en 1660 dans le cinquième volume des *Poésies choisies* du libraire de Sercy.

1659 *24 janvier.* — Grand succès d'*Œdipe*, l'un des trois sujets qui lui avaient été proposés par le surintendant des Finances Nicolas Fouquet, l'année précédente.
26 mars. — Publication d'*Œdipe*, avec une dédicace en vers à Fouquet. Corneille en recevra 2000 livres.

1660 *31 octobre.* — Parution en trois volumes du *Théâtre de Corneille revu et corrigé par l'auteur*, dont le projet remontait à 1656. Chacun des volumes est précédé d'un *Discours* théorique, et chacune des pièces accompagnée d'un *Examen*.
Novembre. — Les machines de *La Toison d'or* étant enfin prêtes (elles étaient en chantier depuis 1656), la pièce est représentée « par échantillons » dans le château du marquis de Sourdéac. À l'occasion de la Paix des Pyrénées et du mariage du roi, Corneille a fait précéder la pièce d'un magnifique Prologue.

1661 *Mi-février.* — La Toison d'or est donnée au théâtre du Marais, qui s'était spécialisé depuis une dizaine d'années dans les spectacles à machines. Succès exceptionnel (la pièce reste à l'affiche plusieurs mois, puis aura de nombreuses reprises de décembre à avril 1662).
Avril. — Grâce à l'intercession de Chapelain, attaché à la maison du duc de Longueville, la duchesse de Nemours, fille de celui-ci et veuve du duc de Nemours, extrêmement riche et fantasque, prend François Corneille pour page.

Mariage de Marie, fille aînée de Corneille, avec Félix du Buat, sieur de Boislecomte, de très ancienne noblesse. Le couple se séparera quelques années plus tard, et le mari ira se faire tuer par les Turcs devant Candie en 1668.

1662 *12 janvier.* — Louis XIV vient au Marais assister à deux représentations successives de *La Toison d'or.*
25 février. — *Sertorius*, tragédie, est monté avec succès par la troupe du Marais.
Octobre. — Les frères Corneille quittent Rouen pour Paris, et à l'invitation du duc de Guise, s'installent dans un logement attenant à l'Hôtel de Guise.
Novembre. — À la demande de Colbert, qui veut établir un mécénat royal, Chapelain dresse une *Liste de quelques gens de lettres français vivants en 1662.* Corneille y est décrit comme « un prodige d'esprit, et l'ornement du théâtre français ».

1663 *Mi-janvier.* — Création de *Sophonisbe*, tragédie, à l'Hôtel de Bourgogne. Corneille osait rivaliser avec la pièce la plus illustre (1634) de son ancien rival, Mairet. Le succès semble avoir été plus d'admiration que d'enthousiasme. La pièce est représentée devant la Cour le 27 janvier.
Février. — Début de la « querelle de *Sophonisbe* », avec la publication des *Remarques sur la tragédie de Sophonisbe* de l'abbé d'Aubignac.
Publication de son *Théâtre* en deux volumes *in-folio* : Corneille est le seul écrivain vivant à être édité dans ce format ; il est déjà un classique.
Juin. — Publication de la première vague des gratifications royales. Corneille reçoit 2000 livres. Son *Remerciement au Roi* ne tarde pas : « Commande, et j'entreprends ; ordonne, et j'exécute. »

1664 *31 juillet et 1er août.* — Premières d'*Othon*, tragédie, à Fontainebleau, devant la Cour. « Si mes

amis ne me trompent, cette pièce égale ou passe les meilleures des miennes » (Préface, février 1665).
Août. — Révocation des lettres de noblesse expédiées depuis le 1er janvier 1630. La famille Corneille, anoblie en 1637, est touchée comme des milliers d'autres.
Création par la troupe de Molière de *La Thébaïde*, première tragédie de Racine. Elle passe inaperçue.

1665 *Août.* — Publication de la traduction en vers des *Louanges de la Sainte Vierge.*
Mort de Charles, son cinquième enfant.
4 décembre. — Création d'*Alexandre le Grand* de Racine au Palais-Royal, repris dès le 18 décembre à l'Hôtel de Bourgogne. Racine, en faisant allusion à une « brigue » qui a critiqué sa pièce, désignera le clan cornélien : en jouant au persécuté, Racine se donnait d'emblée la stature d'un futur rival.

1666 *28 février.* — Première d'*Agésilas*, « tragédie en vers libres rimés » à l'Hôtel de Bourgogne. Le public est dérouté et la pièce tombe rapidement.

1667 *4 mars.* — Attila, tragédie, est créée par Molière au Palais-Royal. Après un bon début, les recettes déclinent rapidement.
Mai. — Début de la campagne de Hollande. Les deux aînés de Corneille, officiers, y participent.
Septembre. — Louis XIV est rentré à Paris. Corneille ne tarde pas à publier une épître intitulée *Au Roi sur son retour de Flandre.* Saint-Évremond : « Si nous avions un poème [entendons une épopée] de cette force-là, je ne ferais pas grand cas des Homères, des Virgiles et des Tasses » (*Lettre au comte de Lionne*, février 1668).
17 novembre. — Première d'*Andromaque* de Racine devant la Cour.
Décembre. — Il traduit en trois cent quarante-huit

alexandrins les vers latins du *Regi epinicion* du P. de La Rue, un ami jésuite, sous le titre *Poème sur les victoires du Roi.* Selon un témoignage tardif, il aurait lui-même présenté le livre au roi.

1668 *Fin février, ou mars.* — Au Roi sur sa conquête de la Franche-Comté.
Juin. — Saint-Évremond : *Dissertation sur la tragédie d'« Alexandre »* où l'esthétique trop « galante » de la pièce de Racine est dénoncée.

1669. — Publication de la *Défense des Fables dans la poésie.*
13 décembre. — Première de *Britannicus* à l'Hôtel de Bourgogne. Corneille assiste au spectacle, seul dans une loge, et il manifeste son hostilité dès le début de la pièce.

1670 *Janvier.* — Publication de *Britannicus.* Dans la préface, Racine prend violemment Corneille à partie.
15 janvier. — Publication de sa traduction en vers et en prose de *L'Office de la Sainte Vierge.*
28 novembre. — Première de *Tite et Bérénice* montée par Molière au Palais-Royal. La *Bérénice* de Racine, créée une semaine plus tôt par l'Hôtel de Bourgogne, rencontre un succès supérieur.
Décembre. — Mise en vers de *Psyché,* tragédie en musique de Molière, qui n'avait eu le temps de versifier que le Prologue, le premier acte, et les courtes scènes où il apparaît lui-même dans le rôle de Zéphire.
31 décembre. — Corneille prend un privilège pour une traduction en vers de *La Thébaïde,* épopée du poète latin Stace. On sait que la traduction des deux premiers livres a existé. Mais tout a disparu.

1671 *16 janvier.* — Première de *Psyché* dans la Salle des Machines du Palais des Tuileries.
14 août. — Mort de Floridor, qui dirigeait depuis

vingt-quatre années la troupe royale de l'Hôtel de Bourgogne.

1672 *15 janvier.* — Corneille fait une lecture de *Pulchérie*, « comédie héroïque », chez La Rochefoucauld, en présence de Mme de Sévigné, enthousiaste.
6 avril. — Début de la guerre de Hollande. Plusieurs poèmes de circonstances.
Au cours de l'année, Corneille sollicite un bénéfice ecclésiastique pour son plus jeune fils Thomas, qui a atteint seize ans.
25 novembre. — Création de *Pulchérie* au théâtre du Marais.

1673 *17 février.* — Mort de Molière.
1er juillet. — Prise de Maestricht, ville de l'électorat de Cologne, tenue par les Hollandais. Corneille compose un sonnet.
17 août. — Contrat de mariage de Marie Corneille, veuve de Boislecomte, avec Jacques de Farcy. L'une des quatre filles qui naîtront de cette union sera l'aïeule de Charlotte Corday.

1674 *10 juillet.* — Publication de l'*Art poétique* de Boileau. Corneille y est invité à être « encor le Corneille et du *Cid* et d'*Horace* ». Cette référence à des pièces vieilles de trente-cinq ans amoindrit considérablement son éloge au profit de son meilleur ami, Racine.
18 août. — Première d'*Iphigénie* de Racine à Versailles, dans une mise en scène éblouissante.
29 septembre. — Le second fils de Corneille, qui fait partie de l'arrière-garde de l'armée française qui évacue la Hollande, est tué en défendant la place de Grave.
Fin novembre. — *Suréna*, dernière tragédie de Corneille, est montée à l'Hôtel de Bourgogne. Elle semble avoir laissé assez rapidement la place à *Iphigénie* (fin décembre ou début janvier).

1675 *1er janvier.* — Mme de Thianges offre au duc du Maine, son neveu, fils de Louis XIV et de Mme de Montespan, la « Chambre Sublime », jouet contenant sous formes de petites figurines de cire les plus grands écrivains vivants : seul Corneille manque.
2 janvier. — Achevé d'imprimer de *Suréna* : laconique préface de six lignes. Corneille n'y manifeste pas son intention de ne plus écrire pour le théâtre.
Juin. — Liste des gratifications pour 1674. Pour la première fois depuis 1663, Corneille n'y figure pas. Il n'écrira cette année aucun poème pour célébrer les victoires du roi.
Été. — À Fontainebleau, Louis XIV se fait représenter quatre pièces de Corneille (contre deux de Racine et deux de Molière).
13 septembre. — Contrat de mariage de l'acteur Baron : Corneille y signe avant Racine.
Réédition des pièces de Racine. Il récrit sa préface de Britannicus en supprimant toutes les attaques contre Corneille : leurs relations semblent désormais apaisées.

1676 *16 avril.* — Le roi repart commander l'armée des Flandres et Corneille revient à la poésie officielle : traduction d'une ode latine composée par un jésuite.
8 juillet. — Retour du roi : *Vers présentés au Roi sur sa campagne de 1676.* Il en profite pour écrire un placet pour lui rappeler le bénéfice promis pour son fils quatre ans plus tôt.

1677 *Mai.* — Poème : *Sur les victoires du Roi en l'année 1677.*

1678 *31 octobre.* — En séance à l'Académie Française, il lit son poème *Au Roi sur la paix de 1678.*

1680 *7 mars.* — Mariage du dauphin. Corneille va

présenter à la Cour : *À Monseigneur sur son mariage.* Ce sont ses derniers vers.
20 avril. — Son fils Thomas reçoit enfin le bénéfice attendu : l'abbaye d'Aiguevive en Touraine.

1681 *5 octobre.* — « Corneille se meurt ». On n'en saura pas plus que ces mots laconiques écrits par La Monnoye à un ami. Sa fille Madeleine a renoncé à sa vocation religieuse pour s'occuper de ses parents.

1682. — Dernière édition revue de son *Théâtre.* La plupart de ses tragédies sont rejouées avec succès.
19 juillet. — Il assiste à une reprise triomphale d'*Andromède* à la Comédie-Française. Rétablissement de sa pension qui avait été inexplicablement suspendue sept ans plus tôt.

1683 *21 août.* — Dernière apparition à l'Académie Française, où il avait jusqu'alors été assidu.
27 septembre. — Il gagne un procès contre un débiteur insolvable : sa fortune immobilière s'accroît ainsi d'une propriété à Collué.
4 novembre. — Il signe une procuration pour la vente de la maison familiale à Rouen. Il s'agit d'un arrangement de famille destiné à dégager ses héritiers de la charge de la pension de sa fille Marguerite chez les dominicaines de Rouen.

1684 *1er octobre.* — Mort de Pierre Corneille. Il est inhumé le 2 octobre dans sa paroisse de Saint-Roch.

1685 *2 janvier.* — Thomas Corneille succédant à son frère à l'Académie Française, Racine, directeur en exercice, prononce un éloge de Pierre Corneille d'une hauteur et d'une clairvoyance remarquables.

1694. — Mort de Marie Corneille, veuve du poète,

qui s'était retirée avec sa fille Madeleine aux Andelys dans la maison familiale des Lampérière.

1698. — Mort, sans descendance, de Pierre Corneille, fils aîné du poète.

1699. — Mort de Thomas, abbé d'Aiguevive.

1709. — Mort de Thomas Corneille.

1719. — Mort de Marguerite Corneille, religieuse dominicaine à Rouen.

1721. — Mort de Marie Corneille, fille aînée du poète. Elle laisse cinq filles, qui seront la seule véritable descendance de Pierre Corneille.

1738. — Mort de Madeleine, qui s'était retirée depuis 1710 chez les bénédictines du Saint-Sacrement à Rouen.

BIBLIOGRAPHIE

Éditions

Actuellement, l'édition de référence des *Œuvres complètes* de Corneille est celle de Georges Couton, « Bibliothèque de la Pléiade », Paris, Gallimard, 1980 (vol. I) ; 1984 (vol. II) ; 1987 (vol. III). *Suréna* (éd. de 1682) figure dans le volume III.

L'édition de référence de *Suréna* (1re éd. : 1675) est celle qu'a procurée José Sanchez en 1970 aux éditions Ducros. Elle a été rééditée, revue et augmentée, aux éditions José Feijoo (1990).

Principaux travaux sur Corneille

Pierre Corneille. Actes du colloque tenu à Rouen du 2 au 6 octobre 1984 [éd. A. Niderst], Paris, PUF, 1985.

Onze études sur la vieillesse de Corneille, dédiées à la mémoire de Georges Couton, M. Bertaud et A. Niderst éd., Boulogne-Rouen, ADIREL-Mouvement Corneille (diff. Klincksieck), 1994.

Barnwell, Henry T., *The Tragic Drama of Corneille and Racine, An Old Parallel Revisited*, Oxford, The Clarendon Press, 1982.

Boorsch, Jean, « L'invention chez Corneille. Comment Corneille ajoute à ses sources », dans

Essays in Honor of Albert Feuillerat, 1943, p. 115-128.

BOORSCH, Jean, « Remarques sur la technique dramatique de Corneille », *Yale Romanic Studies*, XVII, 1941, p. 101-162.

COUTON, Georges, *Corneille et la tragédie politique*, Paris, PUF « Que sais-je ? », 1984.

COUTON, Georges, *Corneille*, Paris, Hatier, 1958.

COUTON, Georges, *La Vieillesse de Corneille (1658-1684)*, Paris, Deshayes, 1949.

DESCOTES, Maurice, *Les Grand Rôles du théâtre de Corneille*, Paris, PUF, 1962.

DORT, Bernard, *Pierre Corneille dramaturge*, Paris, L'Arche, 1957.

DOUBROVSKY, Serge, *Corneille et la dialectique du héros*, Paris, Gallimard, 1963 ; rééd. coll. « Tel », 1982.

FORESTIER, Georges, *Essai de génétique théâtrale : Corneille à l'œuvre*, Paris, Klincksieck, 1996.

FORESTIER, Georges, *Corneille. Le sens d'une dramaturgie*, Paris, SEDES, 1998.

FUMAROLI, Marc, *Héros et orateurs. Rhétorique et dramaturgie cornélienne*, Genève, Droz, 1990.

HERLAND, Louis, « L'imprévisible et l'inexplicable dans la conduite du héros comme ressort tragique chez Corneille », dans *Le Théâtre tragique*, 1965 (2e éd.), p. 239-249.

HERLAND, Louis, *Corneille par lui-même*, Paris, Seuil, « Écrivains de toujours », 1956.

HUBERT, Judd D., « Plénitude et théâtralité dans l'œuvre de Pierre Corneille », *PFSCL*, XVII, 32, 1990, p. 63-73.

LYONS, John D., *The Tragedy of Origins. Pierre Corneille and Historical Perspective*, Stanford University Press, 1996.

MAURENS, Jacques, *La Tragédie sans tragique. Le néo-*

stoïcisme dans l'œuvre de Pierre Corneille, Paris, Armand Colin, 1966.

MAY, Georges, *Tragédie cornélienne, tragédie racinienne. Étude sur les sources de l'intérêt dramatique*, Urbana, The University of Illinois Press, 1948.

NADAL, Octave, *Le Sentiment de l'amour dans l'œuvre de Pierre Corneille*, Paris, Gallimard, 1948.

NELSON, Robert J., *Corneille, his Heroes and their Worlds*, Philadelphie, University of Pennsylvania Press, 1963.

PAVEL, Thomas G., *La Syntaxe narrative des tragédies de Corneille. Recherches et propositions*, Paris, Klincksieck, 1976.

POCOCK, Gordon, *Corneille and Racine : Problems of Tragic Form*, London, Cambridge University Press, 1973.

PRIGENT, Michel, *Le Héros et l'État dans la tragédie de Pierre Corneille*, Paris, PUF, 1986.

RIDDLE, L. M., *The Genesis and Sources of P. Corneille's Tragedies from Médée to Pertharite*, Baltimore-Paris, 1926.

STEGMANN, André, *L'Héroïsme cornélien. Genèse et signification*, Paris, Armand Colin, 1968 (2 vol.).

SWEETSER, Marie-Odile, *La Dramaturgie de Corneille*, Genève, Droz, 1977.

VERHOEFF, Han, *Les Grandes Tragédies de Corneille. Une psycholecture*, Paris, Lettres modernes (Minard), 1982.

Sur Suréna

ABRAHAM, Claude K., « Tendres et généreuses in the later plays of Corneille », dans *Studies in Honor of William Leon Wiley*, p. 15-30.

CARLIN, Claire, « *Suréna* and the death of Cornelian

comedy », dans *Actes de Bâton-Rouge* (1985), Tübingen, PFSCL/Biblio 17, 1986, p. 114-123.

CROQUETTE, Bernard, « Structure de *Suréna* », *Revue des sciences humaines*, n° 152, oct.-déc. 1973.

FORESTIER, Georges, « Corneille, poète d'histoire », dans *Corneille, Le Cid, Othon, Suréna : Littératures classiques*, supplément au n° 11, 1989, p. 30-41.

FORESTIER, Georges, « Corneille et la tragédie : hypothèses sur l'élaboration de *Suréna* », *Littératures classiques*, 16, 1992, p. 141-168.

GREENBERG, Mitchell, « *Suréna*'s melancholy and the end of the Ancien Régime », dans *Actes de Bâton-Rouge*, p. 124-139.

HUBERT, Judd D., « De l'écart historique à la plénitude théâtrale : *Pulchérie* et *Suréna* », dans *Création et recréation. Un dialogue entre Littérature et Histoire*, Mélanges Marie-Odile Sweetser, éd. Claire Gaudiani, Tübingen, Gunter Narr, 1993.

KERVORKIAN, Servais, « À propos de *Suréna* et de *L'Astrée* », *XVII*ᵉ *siècle*, n° 154, janvier-mars 1987, p. 17-23.

LALANDE, Roxane Deck, « The politics of silence in Corneille's *Suréna* », dans *Actes de Bâton-Rouge*, p. 173-184.

RATHE, Alice, « La belle sœur dans *Suréna* », dans *Actes de Bâton-Rouge*, p. 165-172.

ZOBERMAN, Pierre, « *Suréna* : le théâtre et son trouble », dans *Actes de Bâton-Rouge*, p. 143-150.

Sur le théâtre du XVIIᵉ *siècle, le contexte littéraire et le contexte historique*

L'Image du souverain dans les lettres françaises. Des guerres de Religion à la révocation de l'Édit de

Nantes, Actes du Colloque de Strasbourg (1983), N. Hepp et M. Bertaud éd., Klincksieck, 1985.

« Le sublime », *Revue d'histoire littéraire de la France*, 1986, 1.

« La Tragédie », *Littératures classiques*, 16, 1992.

« Qu'est-ce qu'un classique ? », *Littératures classiques*, 19, 1993.

ADAM, Antoine, *Histoire de la littérature française au XVIIe siècle*, Paris, Domat, 1948-1956 (5 vol.) ; rééd. Paris, Albin Michel, 1996.

APOSTOLIDÈS, Jean-Marie, *Le Roi-machine. Spectacle et politique au temps de Louis XIV*, éd. de Minuit, 1981.

BÉNICHOU, Paul, *Morales du Grand Siècle*, Paris, Gallimard, 1942.

BIET, Christian, *La Tragédie*, Armand Colin, 1997.

DEIERKAUF-HOLSBOER, Sophie Wilma, *Le Théâtre de l'Hôtel de Bourgogne*, Paris, Nizet, 1968 (2 vol.).

DELMAS, Christian, *La Tragédie de l'âge classique (1553-1770)*, Seuil, 1994.

DELMAS, Christian, « L'unité du genre tragique au XVIIe siècle », *Littératures classiques*, 16, 1992.

ELIAS, Norbert, *La Société de cour*, Paris, Flammarion, coll. « Champs », 1985 (éd. originale : 1969).

FORESTIER, Georges, « Théorie et pratique de l'histoire dans la tragédie classique », *Littératures classiques*, 11, 1989, p. 95-108.

LANCASTER, Henry Carrington, *A History of French Dramatic Literature in the XVIIth Century*, Baltimore, the Johns Hopkins Press ; Paris, PUF, 1929-1942 (5 parties en 9 volumes).

LOUVAT, Bénédicte, *La Poétique de la tragédie classique*, Paris, SEDES, 1997.

MESNARD, Jean (sous la direction de), *Précis de littérature française du XVIIe siècle*, Paris, PUF, 1990.

Morel, Jacques, *La Tragédie*, Paris, A. Colin, coll. « U », 1964.

Morel, Jacques, *De Montaigne à Corneille*, Paris, Artaud, 1986 (rééd. Flammarion, 1998).

Morel, Jacques, *Agréables mensonges. Essais sur le théâtre français du* XVIIe *siècle*, Paris, Klincksieck, 1991.

Pasquier, Pierre, *La Mimesis dans l'esthétique théâtrale du* XVIIe *siècle*, Klincksieck, 1995.

Pelous, Jean-Michel, *Amour précieux, amour galant (1654-1675). Essai sur la représentation de l'amour dans la littérature et la société mondaines*, Paris, Klincksieck, 1980.

Rohou, Jean, *Histoire de la littérature française au* XVIIe *siècle*, Paris, Nathan, 1989.

Rohou, Jean, *La Tragédie classique*, Paris, SEDES, 1995.

Scherer, Jacques, *La Dramaturgie classique en France*, Paris, Nizet, s.d. (1950).

Truchet, Jacques, *La Tragédie classique*, Paris, PUF, 1975.

Truchet, Jacques, « La tyrannie de Garnier à Racine : critères juridiques, psychologiques et dramaturgiques », dans *L'Image du souverain...*, 1985, p. 257-264.

Zuber, Roger et Cuenin, Micheline, *Le Classicisme (1660-1680)*, Artaud, 1984 (rééd. Flammarion, 1998).

Zuber, Roger [dir.], *Littérature française du* XVIIe *siècle*, PUF, 1992.

Sur le vocabulaire, la langue et le style

Declercq, Gilles, *L'Art d'argumenter. Structures rhétoriques et littéraires*, Bruxelles, Éditions universitaires, 1992.

FORESTIER, Georges, *Introduction à l'analyse des textes classiques*, Nathan, 1993.

FURETIÈRE, Antoine, *Dictionnaire universel* (1690), rééd. Le Robert, 1978.

HAASE, A. et OBERT, M., *Syntaxe française du* XVIIe *siècle*, Delagrave, 1975.

KIBÉDI VARGA, Aron, *Rhétorique et littérature. Études de structures classiques*, Didier, 1970.

UBERSFELD, Anne, *Lire le théâtre*, Éditions sociales, 1977.

TABLE DES ILLUSTRATIONS

Table

Le Théâtre dans Le Livre de Poche

Extrait du catalogue

Aymé *Marcel*
La Tête des autres

Beaumarchais
Le Barbier de Séville
Le Mariage de Figaro

Cocteau *Jean*
Les Enfants terribles
La Machine infernale

Dumas *Alexandre (fils)*
La Dame aux camélias

Feydeau *Georges*
Le Dindon
Occupe-toi d'Amélie

Giraudoux *Jean*
Amphitryon 38
Electre
La Folle de Chaillot
La guerre de Troie n'aura pas lieu
Intermezzo
Ondine
Théâtre complet *(La Pochothèque)*

Hugo *Victor*
Hernani
Mangeront-ils ?
Ruy Blas

Ibsen *Henrik*
Hedda Gabler
Une maison de poupée

Jarry *Alfred*
Ubu roi
Tout Ubu

Labiche *Eugène*
La Cagnotte
Un chapeau de paille d'Italie
Le Voyage de M. Perrichon

Marivaux
La Double Inconstance *suivi de* Arlequin poli par l'amour
La Fausse Suivante
Les Fausses Confidences
L'Île des esclaves
Le Jeu de l'amour et du hasard
La Surprise de l'amour *suivi de* La Seconde Surprise de l'amour

Molière
Amphitryon
L'Avare
Le Bourgeois gentilhomme
Dom Juan
L'École des femmes
Les Femmes savantes
Les Fourberies de Scapin
George Dandin *suivi de* La Jalousie du Barbouillé
Le Malade imaginaire
Le Médecin malgré lui
Le Misanthrope
Les Précieuses ridicules
Le Tartuffe

Musset
Fantasio (*suivi de* Aldo le Rimeur *de George Sand et de* Léonce et Léna *de Georg Büchner*)
Il ne faut jurer de rien
Lorenzaccio
On ne badine pas avec l'amour

Pirandello
Six personnages en quête d'auteur

Racine
Andromaque
Athalie
Bajazet
Bérénice
Britannicus
Iphigénie
Phèdre
Les Plaideurs
Théâtre complet (*La Pochothèque*)

Rostand Edmond
Cyrano de Bergerac

Shakespeare
Comme il vous plaira
Hamlet *suivi de* Othello *et de* Macbeth
Le Marchand de Venise
Roméo et Juliette *suivi de* Le Songe d'une nuit d'été
La Tempête

Sophocle
Antigone
Œdipe-Roi

Tchékhov
La Cerisaie
La Dame au petit chien
La Mouette
Oncle Vania
Les Trois Sœurs

Zweig *Stefan*
Romans, nouvelles, théâtre *(La Pochothèque)*

Le Livre de Poche s'engage pour l'environnement en réduisant l'empreinte carbone de ses livres. Celle de cet exemplaire est de :
350 g éq. CO_2
Rendez-vous sur www.livredepoche-durable.fr

Composition réalisée par Nord Compo

Achevé d'imprimer en France par
CPI BUSSIÈRE (18200 Saint-Amand-Montrond)
en avril 2021
N° d'impression : 2057550
Dépôt légal 1re publication : décembre 1992
Édition 07 - avril 2021
LIBRAIRIE GÉNÉRALE FRANÇAISE
21, rue du Montparnasse – 75298 Paris Cedex 06

30/4289/2